Zu diesem Buch

Der Wilde Westen geht zu Ende. Drei Cowboys, die keinen Job mehr finden, stellen fest, dass man auch Banken
überfallen kann. Später gesellt sich ein vierter dazu, ein
Goldgräber aus Denver, Colorado.
Sie wollen einen Bruder in Wyoming aufsuchen, um dort
von dem gestohlenen Geld zu leben. Der Bruder ist gestorben, die Witwe spürt wenig Veranlassung, die vier
Herumtreiber bei sich aufzunehmen.

Das Buch spielt in den Jahren 1882 bis 1883

AF284027

Ich bedanke mich bei meiner Frau, die mein größter Fan und gleichzeitig meine strengste Kritikerin ist, für ihre unermessliche Arbeit am Manuskript und den vielen hilfreichen Diskussionen.

PETER ECKMANN, geboren 1947, lebt im Niederelbe-Dreieck in der Nähe von Cuxhaven
Ingenieur der Verfahrenstechnik, er schreibt unter dem Pseudonym Allan Greyfox Wildwest- und Detektivromane.

Dieses Buch ist der fünfte Wildwestroman des Autors

VIER OUT-LAWS

EIN WESTERN
VON PETER ECKMANN
(ALLAN GREYFOX)

Allan Greyfox = Peter Eckmann
Vier Outlaws
Ein Wild-West Roman

Dieses Buch ist auch als E-Book erhältlich und kann
über den Handel bezogen werden.
Lektorat/Korrektur und Buch-Gesamtgestaltung:
Peter Eckmann

Die Deutsche Nationalbibliothek verzeichnet diese
Publikation in der Deutschen Nationalbibliografie;
detaillierte bibliografische Daten sind im Internet
über
https://portal.dnb.de abrufbar.
© 2021
Gedruckt in Europa

© Peter Eckmann
Rosenstraße 14, 21755 Hechthausen
September 2021
ISBN: 9783754357613

Herstellung und Verlag: BoD – Books on
Demand, Norderstedt

VIER OUTLAWS

EIN WESTERN
VON PETER ECKMANN
(ALLAN GREYFOX)

Inhaltsverzeichnis

Trails End

Mai 1882. Der Saloon »Long Branch« an der Frontier Street in Dodge City ist brechend voll. Vor zwei Tagen ist wieder ein Rindertreck eingetroffen, eine Woche nach dem vorherigen. Nun ist die Gaststätte bis auf den letzten Platz gefüllt, an den vier Tischen ist jeder Stuhl besetzt, an der angeblich längsten Theke der Welt stehen die Männer in zwei Reihen hintereinander. Das Geld der Cowboys sitzt locker, jeder hat Lohn für zwei Monate harte Arbeit erhalten, jetzt hat niemanden mehr Hemmungen. Der

Whisky und das Bier fließen reichlich, hinter dem Tresen eilen zwei Barkeeper geschäftig hin und her, um ihre Gäste zufrieden zu stellen. Alle reden durcheinander, es ist laut. Der gleißende Schein der Nachmittagssonne strahlt über die Schwingtür hinweg und erdrückt das blasse Licht der Petroleumlampen. In den Ecken ist es dunkel, an einem Tisch sitzen fünf Männer und spielten Karten. Mehrere Zuschauer stehen dahinter und sehen mit unbewegten Gesichtern zu.

Die Spieler sprechen nicht, ausdruckslos sehen sie in ihre fünf Karten. Von Zeit zu Zeit murmelt einer von ihnen einen nur unter Insidern verständlichen Ausdruck zum Verlauf und zahlt einen Einsatz auf den schon beträchtlichen Berg aus Scheinen und Münzen in der Mitte des Tisches.

„Dusty Devil!", ruft einer von ihnen und wirft die Karten auf den Tisch. Er schiebt den Stuhl nach hinten und steht auf. „Spielt ohne mich weiter, ich habe heute kein Glück." Er wendet sich an einen der Zuschauer. „Komm, Sam, ich habe die Nase voll. Von meinem Lohn für die letzten zwei Monate habe ich schon die Hälfte verloren, das geht so nicht weiter." Er stapft mit seinen schweren Stiefeln hinaus auf den Boardwalk, sein Bruder Samuel folgt ihm. Die Hauptstraße ist nach den letzten beiden Rindertrecks noch nicht gesäubert worden. Der Sand ist aufgewühlt, überall liegen die Exkremente der Tiere umher, ein Geruch nach Rinderdung liegt über der Stadt. Die Anwohner kennen das schon. Das ist nicht angenehm, auf der anderen Seite lassen die Reiter viel von ihrem Lohn im Ort. Da erträgt man auch die gelegentlichen Freudenausbrüche der Cowboys, sie galoppieren mitunter durch die Stadt und schießen mit ihren Revolvern in die Luft. Schlimmer sind echte Streitigkeiten, dabei hat es auch schon Tote gegeben. Der Sheriff des Ford County ist seit zwei Jahren George T. Hinkle.

Missmutig schreitet Rodney Bishop über die hölzernen Bohlen, sein Bruder Samuel folgt ihm.

„Wo willst du denn hin, Rod?", ruft er ihm hinterher.

„Keine Idee, nur irgendwo hin, wo man klar denken kann."

Hinter dem Haus, das sie gerade passieren, ist eine große Lücke. Dort befindet sich ein Pferch, der mit einem Holzzaun umgeben ist. Rodney Bishop hält inne, lehnt sich an das Geländer und zieht seinen Tabakbeutel aus der Hemdtasche. Während er mit viel Routine eine Zigarette dreht, beginnt er zu sprechen. „Weißt du, Sam, wir müssen uns mal überlegen, was wir demnächst machen. Das Geschäft mit dem Viehtrieb scheint dem Ende zuzugehen."

„Meinst du?", fragt sein Bruder skeptisch. Es ist zehn Wochen harte Arbeit für sie gewesen, dafür gibt es anschließend den Lohn für die ganze Zeit."

„Hast du das nicht gemerkt? Wir haben doch unterwegs ein paar Mal Stacheldraht erlebt. Na gut, für dieses Mal haben wir ihn durchgeschnitten – aber das wird nicht immer so weitergehen. Auch sind die Preisvorteile der Rinder aus Texas nicht mehr so hoch wie vor zehn Jahren. Die Farmer hier sind auch draufgekommen, selbst Rinder zu züchten und so an dem Geschäft teilzuhaben." Er schüttelt den Kopf. „Nein, glaub mir, diese Rindertrecks werden bald vorbei sein, wenn nicht dieses, dann nächstes oder übernächstes Jahr."

Sein Bruder malt nachdenklich mit dem Stiefel Kreise und Linien in den gelben Sand. „Du hast wohl recht. Aber was können wir denn sonst machen?"

„Mit Arbeit sieht es schlecht aus. Sieh dich doch mal um, viele Leute suchen Beschäftigung, warum sollte ausgerechnet uns jemand anheuern?"

„Na ja, ein bisschen Lohn haben wir noch, es wird sich schon etwas finden."

„Was glaubst du denn, wie lange die paar Dollar reichen? Ich habe keine Lust, für einen Hungerlohn noch einmal Rinder zu treiben, wenn wir überhaupt einen Job als Viehtreiber ergattern können. Diesen verdammten Treck habe ich nun zweimal mitgemacht, das reicht mir. Zwei Monate Staub und Dreck, das ist genug."

„Was können wir denn sonst machen?" Der jüngere Bruder hat seine Ellenbogen auf das Geländer gestützt und blickt im Gatter umher. Es ist leer, die Rinder, die hier vor ein paar Tagen standen, sind zur Bahn getrieben worden, zahllose Hufspuren führen in Richtung Bahnhof.

„Weißt du, Sam, du gehst mir mit deinem Gejammer auf die Nerven. *Was können wir machen? Was meinst du denn?*", äfft er seinen Bruder nach. „Hast du denn gar keine Fantasie?" Mit einer Hand streicht er sein fettiges Haar nach hinten. Wenn es sauber gewesen wäre, wäre er blond, der viele Staub lässt das Haar dunkler erscheinen. „Hast du dich hier mal umgesehen? In der Bank liegen doch die Gelder von den Rinderverkäufen, die sollten wir uns unter den Nagel reißen."

„Du machst Spaß, nicht wahr, Rod?"

„Sehe ich so aus, als ob ich Spaß mache?", fragt er und sieht seinen Bruder missbilligend an.

„Das hört sich aber gefährlich an! Wenn wir nun dabei erschossen werden?"

„Mann, Mann, Sam. Du bist echt eine Memme. Wir müssen es natürlich so anstellen, dass wir eben *nicht* erschossen werden. Und wenn doch –brauchen wir uns über Arbeit keine Gedanken mehr zu machen." Er lacht kurz auf. „Wir sollten noch einen weiteren Mann anheuern, dann können zwei die Bank überfallen, einer steht draußen bei den Pferden und passt auf."

Sein Bruder nickt, dann blickt er auf und mustert den älteren. „Wie willst du so jemanden finden? Man kann doch nicht irgendeinen nehmen."

„Mensch, Sam. Wir müssen vorsichtig mit den Leuten sprechen, ganz unauffällig, damit niemand merkt, was wir vorhaben."

Zwei Tage sind vergangen. Rod und Sam Bishop sind wieder im Saloon, sie stehen eingezwängt neben anderen vor dem Tresen. Neben ihnen lehnt ein junger Mann am Tresen, wenn er nicht so unrasiert gewesen wäre, würde er ziemlich gut aussehen. Er trägt eine Lederjacke, dazu eine schmutzige, schwarze Stoffhose. Sein Stetson hat auch schon bessere Tage gesehen. Er bestellt sich einen Whisky, als er bezahlen soll, sucht er in seinem Lederbeutel lange herum, bis er einen halben Dollar findet. Rod hat das aufmerksam beobachtet. „Ist dein Lohn schon aufgezehrt? Mit welchem Treck bist du gekommen? Bei uns warst du auf jeden Fall nicht dabei."

„Ich bin kein Cowboy, ich bin mit der Postkutsche hierhergekommen. Mein Geld geht leider zur Neige, ich werde mir Arbeit suchen müssen."

„Na, da wünsche ich dir viel Glück, hier wirst du kaum etwas finden."

Der junge Mann, er hat sich inzwischen als Desmond Gould vorgestellt, nickt langsam. „Ich fürchte, du hast recht. Ich muss wohl die Stadt verlassen und es woanders versuchen."

„Was kannst du denn?", fragt ihn jetzt Samuel, der jüngere der beiden Brüder.

„Ja, was hast du bisher gemacht?", ergänzt Rodney.

Desmond Gould zuckt mit den Schultern, dann lacht er kurz auf. „Wenn ihr es unbedingt wissen wollt, ich habe in Fort Dodge fünf Monate wegen eines Postkutschenüberfalls gesessen. Die haben mir noch die Postkutsche hierher bezahlt, das war's dann." Er hebt das Glas mit dem Whisky und nimmt einen langen Schluck. Er beginnt zu grübeln. „Ich war nicht immer auf der falschen Seite. Ich habe früher in Austin in Texas gelebt, bin dort auf der High-School zur Schule gegangen. Später wollte ich Medizin studieren."

„Warum hat das nicht geklappt?"

„Na, ja. Ich habe vier Semester lang studiert, da hat sich meine Mutter mit einem anderen Mann eingelassen. Mein Vater hat das nicht verkraftet und ist abgehauen. Mit dem Freund meiner Mutter kam ich gar nicht klar, der war fies und hat mich immer schikaniert. Ich hab' das Studium hingeschmissen und Austin verlassen. Mit einem Longhorn Trail bin ich dann von San Antonio nach Wichita gezogen. Anschließend habe ich herumgehangen und von Gelegenheitsarbeiten und Diebereien gelebt. Anfang dieses Jahres habe ich dann mit zwei Bekannten eine Postkutsche überfallen. Dabei hat man mich geschnappt."

Die beiden Brüder mustern ihn misstrauisch. Ist das wahr, oder will der Fremde sich nur wichtigmachen? Rod spricht als erster. „Wenn man dich erwischt hat, hast du dich wohl dämlich angestellt, oder?" Er sieht seinen Nachbarn spöttisch an.

Der stellt sein Glas heftig auf den Tresen, ein kleiner Schluck spritzt auf das lackierte Holz. „Meine Kumpel haben mich im Stich gelassen, sie haben mir mein Pferd genommen, weil eines von ihren lahmte. Da stand ich dann und musste mich gefangen nehmen lassen." Zorn schwingt in seiner Stimme mit. „So ein Ding mache ich nur noch mit Freunden, solche, auf die ich mich verlassen kann." Er trinkt sein Glas leer. „So, dass ist's, jetzt seid ihr dran mit berichten."

„Da gibt es nicht viel zu erzählen", mault Rod.

„Du bist doch so um 40, was hast du denn bis jetzt gemacht?" Desmond sieht Sam an. „Wart ihr schon immer zusammen?"

Sam leert sein Glas und blickt nachdenklich seinen Bruder an. „Wir sind beide in Laredo am Rio Grande geboren und aufgewachsen. Unsere Väter kennen wir nicht, unsere Mutter ist Prostituierte, sie hat uns fortgegeben, als wir drei und vier Jahre alt waren. Wir sind bei verschiedenen Pflegeeltern untergebracht worden, geschlagen wurden wir beide. Öfter als nötig", fügt er noch bitter hinzu.

Rod ergreift jetzt das Wort. „Wir sind nicht lange bei unseren Pflegeeltern geblieben, beide fanden die zusätzlichen Esser lästig. So sind wir früh abgehauen und haben uns viele Jahre durchgeschlagen. Meistens als Cowboy, denn was anderes können wir nicht. Immer wieder haben wir uns aus den Augen verloren, bis wir uns Anfang dieses Jahres zufällig in San Antonio getroffen haben. Wir hatten beide die gleiche Idee, wir wollten mit einem der Rindertrecks nach Norden ziehen."

Sam greift den Faden auf. „Und da sind wir jetzt. Leider sieht es mit der Zukunft der Rindertrecks schlecht aus, es gibt mehr Menschen als Arbeit, Cowboys ohne Beschäftigung gibt es wie Sand am Meer."

Desmond blickt seine beiden Nachbarn nachdenklich an. „Wir sind offenbar nicht vom Glück verfolgt. Vielleicht sollten wir unsere Fähigkeiten zusammenlegen und gemeinsam vorgehen.

„Mal sehen. Wir kennen dich ja gar nicht", brummelt Rod.

„Wo schläfst du denn?", fragt Sam den Neuen.

„Am Stadtrand ist eine Scheune, dort liegt man trocken, man ist allerdings nicht allein."

Sam sieht seinen Bruder an. „Wenn uns nicht bald das Geld ausgehen soll, werden wir wohl auch dort schlafen müssen."

„Du hast recht, das Hotel ist viel zu teuer. Bei einem Dollar pro Nacht können wir ausrechnen, wann wir pleite sein werden.

„Good Bye!", verabschiedet sich der Fremde und ist Sekunden später im Gewühl verschwunden.

„Nun ist er fort - du willst ihn doch noch was fragen?"

„Der ist nicht weit weg, wir müssen nur unsere Augen aufsperren, dann finden wir ihn wieder."

Der schwindende Inhalt ihrer Geldbörsen lässt die beiden den Saloon früher verlassen, als ihnen lieb ist. Die heutige Nacht würden sie noch im Hotel verbringen, ab morgen wollen – oder müssen - sie sich etwas anderes suchen. Sie teilen sich schon ein Zimmer im Hotel, um Kosten zu sparen.

In der Vorhalle des Hotels hängt ein Stich von Wyatt Earp. Auf Rückfrage erfahren sie, dass er vor vier Jahren hier Gehilfe des Marshals gewesen ist. „Er ist berühmt geworden, weil er mit einer Posse die Mörder der Schauspielerin Dora Hand im Jahre 1878 verfolgte und stellte. Das ging damals durch alle Zeitungen", hören sie vom Clerk am Empfang.

Zwei Tage später lungern die beiden Brüder wieder in der Stadt herum. Am Bahnhof werden Rinder verladen, die Rufe der Tiere und das Bimmeln und Pfeifen der Lokomotive tönen durch die kleine Stadt.

„Ist das nicht Desmond, dort hinten?", stellt Sam fest.

Sein Bruder hält die Hand über die Augen, um die Sonne abzuschirmen. „Da liegst du nicht so verkehrt, lass uns mal zu ihm gehen."

Desmond Gould lehnt neben der Tür des Barbershops und blickt scheinbar gelangweilt auf die andere Seite der Straße. „Howdy!", begrüßt er die Bekannten aus dem Saloon.

„Howdy!", rufen die zurück. „Was treibst du hier?"

Desmond Gould zeigt durch Nicken mit dem Hut zur anderen Seite der Straße. Dort steht eine Kutsche von Wells & Fargo, auf dem Bock sitzt ein Mann mit einer Flinte in der Hand. Die vier Pferde atmen noch heftig, sie sind nass von Schweiß und sollten bald abgerieben werden. Jetzt kommen der Kutscher und ein weiterer Mann aus dem Gebäude heraus, vor dem das Gefährt steht. Es ist die National Bank, der Schriftzug wird zum Teil durch die Kutsche verdeckt.

Rod erkennt zuerst, was Desmond hier treibt. Er grinste seinen Bruder an. „Wir haben hier offenbar einen Gesinnungsgenossen, die Bank hat es ihm ebenso angetan wie uns." Er stößt seinen Ellenbogen in die Seite des Cowboys und lacht. „Wann soll es denn passieren?"

Desmond verzieht sein hübsches Gesicht zu einem Lächeln. „Eben ist offenbar Geld angeliefert worden, es dürfte das Geld für die Rinder des nächsten Trecks sein."

„Wenn ich mal 40 Dollar pro Tier bei vielleicht 2500 Rindern annehme, sind das 100,000 Dollar. Das ist ein ganz schöner Batzen", rechnet Rod sich aus.

„Allerdings. Das Geld ist aber nicht leicht zu holen, ein bewaffneter Mann ist während der Schalterstunden immer anwesend", erklärt Desmond. Er beobachtet die Bank offenbar schon eine Weile.

Rod tätschelt den Revolver im Gürtel. „Du sprichst mit dem schnellsten Mann westlich des Mississippi, ich denke, das sollte bei entschlossenem Handeln kein Problem sein."

Desmond lacht kurz auf. „Wer angibt, hat mehr vom Leben, was?"

„Das stimmt aber! Rod ist der schnellste Schütze, den ich kenne", wirft sein Bruder ein. „Ohne ihn und seinen Colt würden wir sicher nicht mehr leben."

Desmond nickt bedächtig, sein Blick ruht auf Rods Waffe. „Dann will ich euch mal glauben, denn wenn mein Plan umgesetzt wird, wirst du es beweisen müssen." Er winkt die beiden näher zu sich, sie stecken die Köpfe zusammen und hören ihm gespannt zu. „Ich schlage vor, wir ziehen das morgen früh durch, gleich nach der Öffnung. Du und ich", - er blickt Rod an - „wir stürmen die Bank. Du kümmerst dich um die Wache, ich werde dem Kassierer das Geld abnehmen. Keine fünf Minuten später müssen wir draußen sein und auf den Pferden sitzen."

„Was ist mit mir?", will jetzt Sam wissen.

„Du bleibst draußen bei den Pferden. Du musst ein Zeichen geben, falls der Marshal kommt und du musst uns aufdringliche Bürger vom Hals halten. Aber das wird kaum passieren, denn bevor es jemand merkt, wollen wir die Stadt bereits verlassen haben."

Sam nickt eifrig, endlich passiert etwas. Ehrfürchtig mustert er den jungen Kollegen. Er dürfte etwa Mitte zwanzig sein und ist damit jünger als sie beide. Sein Bruder Rod ist vierzig, er selbst ist 34 Jahre alt.

Die drei bleiben noch etwa eine Stunde gegenüber der Bank stehen. Die Kutsche ist schon lange abgefahren, jetzt herrscht Ruhe. Leise sprechen sie miteinander und spielen den Ablauf immer wieder durch. Sie warten, bis die Bank geschlossen wird, der Kassierer und der Wachmann stehen vor der Tür, unterhalten sich einen Moment und machen sich dann auf dem Boardwalk auf den Weg, bis sie außer Sichtweite sind.

***

Es ist der 17. Mai 1882, kurz nach acht Uhr am Morgen. Mickey Callaghan, der werdende Vater, stapft nervös vor dem Farmhaus auf und ab. Er ist schlank und sehr groß. Eine blaue Weste aus Seide schmiegt sich um den kräftigen Oberkörper, ein winziges Bäuchlein spannt den glänzenden Stoff. Eine schwarze Lederjacke und eine dunkelblaue Hose vervollständigen den erfolgreichen Geschäftsmann. Nicht immer hat er sein Geld am Schreibtisch verdient. Zwei Revolver, mit denen er - zum Spott seiner Frau – immer noch fast täglich übt, und die jetzt an der Garderobe hängen, zeugen von einer aufregenden Vergangenheit.

Auf der Terrasse sitzt sein Schwiegervater, Mark Baker. Der alte Herr ist Anfang siebzig, mit einem Lächeln mustert er seinen Schwiegersohn. „Du wirst jetzt zum fünften Male Vater und hast dich immer noch nicht an die Geburt gewöhnt. Komm, setz dich endlich hin und nimm einen Schluck Wein, das entspannt.“

Nur widerwillig folgt der große Mann dem Vorschlag seines Schwiegervaters. Er nippt am Wein, der ihm sonst immer köstlich mundet. Er nimmt das rote Getränk kaum war, mit beiden Ohren horcht er zum Haus hinüber und versucht, das leiseste Geräusch wahrzunehmen. „Ich mache mir jedes Mal Sorgen um Marilyn, das verstehst du doch?“

Der weißhaarige Schwiegervater nickt. „Ich müsste mir Gedanken machen, wenn es nicht so wäre. Was soll schon passieren? Meine Tochter ist eine gesunde Frau, die alle früheren Geburten mit links hinter sich gebracht hat.“

„Schon, aber es kann auch anders ausgehen, wie du weißt.“ Mark Bakers Frau war bei der Geburt des vierten Kindes gestorben.

Ein Schatten legt sich über das Gesicht des alten Herrn. „Ja, natürlich. Ich will nur vermeiden, dass du daran denken könntest. Du hast meine Erzählungen nicht vergessen, wie ich feststellen muss.“

Jäh ertönt nun der Schrei eines Babys, so laut, dass man es bis zur Veranda hören kann.

Eine Stimme schallt aus dem Haus und unterbricht ihr Gespräch. Es ist Joan, die Frau eines Freundes von Mickey: „Ihr könnt kommen, es ist alles in Ordnung!"

Mickey steht so heftig auf, dass der Stuhl mit einem Krachen nach hinten fällt, und läuft ins Haus. Sein Schwiegervater erhebt sich schwerfällig und folgt ihm langsam.

Die Mutter des Neugeborenen ist blass, mit großen, dunklen Augen strahlt sie ihren Mickey an. „Du bist endlich Vater eines Sohnes geworden, meinen Glückwunsch!"

Freudestrahlend sieht er zum Baby. Joan Richmond hat es in ein Leinentuch gewickelt und reicht es der Mutter. Das Kind ist noch ein wenig schrumpelig, es hat die Augen geschlossen und ein paar schwarze Härchen auf dem kleinen Kopf. Plötzlich reißt es die Augen auf und schreit, typisch Baby. Marilyn richtet sich etwas auf und gibt dem Kind die Brust. So kurz nach der Geburt wird kaum Milch da sein, aber das Saugen beruhigt den Kleinen. Weich schmiegt sich der weiße Busen an das zarte Kindergesicht.

Mickey beobachtet es glücklich. Vier Mädchen hat ihm seine Frau geschenkt. Mercedes, Sarah, Laura und Vanessa. Nun ist es endlich ein Junge geworden – obwohl – es ist ihm egal. Seine vier Töchter sind allesamt entzückende Mädchen, die ihm tüchtige Schwiegersöhne bringen werden.

„Hast du dir schon Gedanken über einen Namen gemacht?", fragt er seine Frau, die zu ihm aufsieht, an der Brust das schmatzende Kind.

Sie lächelt. „Du hast gedacht, es wird wieder ein Mädchen, oder?" Sie blickt kurz zu dem kräftigen Säugling. „Was hältst du von Daniel?"

Sie erhält einen Kuss auf die Wange, der Vorschlag gefällt ihm.

Joan Carter kommt herein. „Wie gefällt es dir, endlich Vater eines Jungen zu sein?", lacht sie ihn an.

„Du kennst meine Einstellung dazu, Joan. Ein Kind ist mir so lieb wie das andere, egal, ob es nun ein Junge oder ein Mädchen ist." Sein Blick fällt auf die Standuhr in der Diele, das laute Ticken im Sekundentakt haben alle im Trubel der letzten Stunde nicht wahrgenommen. „Wollte Matt nicht noch kommen?"

„Doch, ich erwarte ihn jeden Moment. Er will es sich nicht nehmen lassen, seinen besten Freund und Arbeitgeber gleich als Ersten zu beglückwünschen." Joan ist eine schlanke Frau von 37 Jahren, seit neun Jahren ist sie mit Matt verheiratet. Lange blonde Haare fallen ihr auf die Schulter.

Ein Pferd wiehert auf dem Hof. „Da ist er schon! Ich komme gleich wieder!", ruft sie und ist im selben Moment draußen.

Ja, Joan. Sie ist mit ihrem Mann ebenso glücklich, wie er mit seiner Marilyn. Joan ist kinderlos geblieben. Während der Zeit in Cheyenne, wo sie als Prostituierte hat arbeiten müssen, hat sie mehrere Abtreibungen über sich ergehen lassen müssen, bis schließlich ein verpfuschter Eingriff spätere Geburten für immer ausschloss. Sie hat in dieser Zeit viele ihrer Kolleginnen von ungewollten Babys entbunden, sodass sie seit Jahren als Hebamme im ganzen Tal beliebt ist.

Zu ihrem Glück haben sie drei Kinder adoptieren können, deren Eltern beim Treck nach Gillette an Cholera verstorben waren. Inzwischen sind alle drei aus dem Haus und haben Partner gefunden. So hat Joan Zeit, sich um ihre Freunde und die Bewohner des Tales zu kümmern.

Matthew Richmond betritt die Stube, gefolgt von seiner Frau. Mit ausgebreiteten Armen stürmt er auf seinen Freund zu und drückt ihm kräftig die Hand. „Mein lieber

Mickey! Ich freue mich, dich als Ersten begrüßen zu können. Meinen allerherzlichsten Glückwunsch zu deinem Sohn!" Er lacht ihn an, seine Augen strahlen. „Wann wird das denn gefeiert? Wenn der Wohltäter des Tales Vater wird, ist das doch ein Grund, oder?"

Mickey wiegelt ab. „Vielen Dank für deine herzlichen Wünsche. Ich habe lediglich etwas Glück gehabt, das ist keine Leistung von mir." Er grinst seinen Freund an. „Dass du der erste bist, liegt doch lediglich daran, dass du den kürzesten Weg hast, nicht wahr?"

Das stimmt. Matthew ist der Leiter seiner Sägerei, die auf der anderen Seite des Flusses gebaut worden ist, etwa zehn Meilen von hier entfernt. Das Wehr an der Sägerei ist zu einer Brücke ausgebaut worden, sodass der Brazos River leicht überquert werden kann.

Ein schwarzer Hut beschattet ein braun gebranntes Gesicht. Er ist schlank und kräftig, sein Schritt ist nicht mehr so federnd, er steuert auf die 40 zu und ist damit vier Jahre älter als sein Freund Mickey.

Spät am Abend verabschieden sich Joan und Matt von ihren Freunden. Joan lenkt den kleinen Wagen, ihr Mann reitet hinterher. Sie wohnen in einem kleinen Häuschen direkt am Ufer auf der anderen Seite des Flusses, in einer Stunde etwa sollten sie zu Hause eintreffen.

***

Es ist der 17. Mai 1882, Dodge City, kurz nach acht Uhr am Morgen. Die Sonne scheint um diese Zeit schon kräftig, die Straße vor der Bank liegt noch in tiefem Schatten. Vor dem Laden des Friseurs stehen zwei Männer und mustern die Preisliste, die in dem kleinen Schaufenster aushängt: Haare schneiden = 20 Cent, Rasieren = 10 Cent. Die Preise sind angemessen. Oswald Killigan verdient gut, sein Geschäft ist der einzige Friseursalon in der kleinen Stadt. Ein dritter Mann, der zu den Zweien gehört, lässt sich gerade von ihm rasieren, der ist jetzt fertig und er reibt ihm mit einem weißen Handtuch letzte Reste von Schaum aus dem Gesicht und verteilt dann Rasierwasser auf der Haut. „So, der Herr, das wär's. Haben Sie noch einen Wunsch - vielleicht Haare schneiden?"

Rod schnippt mit dem Daumen einen Dime auf das kleine Schränkchen, in dem sich die Schublade mit der Kasse befindet. „Danke, ich habe keine Zeit mehr. Sie wissen ja, die Geschäfte. Ich werde Sie weiterempfehlen, Meister"

Der Friseur nickt devot. „Sehr wohl, der Herr. Ich wünsche Ihnen einen erfolgreichen Tag."

Mit einem dröhnenden Lachen verlässt Rod den Barbershop.

„Du hast Nerven! Wir wollen endlich zu Geld kommen und du lässt dich rasieren", nörgelt sein Bruder.

Doch Rod ist allerbester Laune und ignoriert wie immer die Missbilligung seines jüngeren Bruders. Der Friseur ist keinen Moment zu früh fertig geworden. Auf der gegenüberliegenden Seite der Straße wird die Tür zur Bank aufgeschlossen. Der Kassierer tritt in das Haus und dreht das Schild in dem kleinen Fenster der Tür um. »Open«, kann man jetzt lesen.

„Wo ist denn der Wachmann?", fragt Sam Bishop.

„Keine Ahnung. Sei doch froh, dass er noch nicht da ist", entgegnet sein Bruder.

„Das ist nur bedingt von Vorteil", korrigiert ihn Desmond Gould. „Vielleicht kommt er jeden Moment dazu und alarmiert noch weitere Bürger, falls er den Überfall bemerkt."

„Das kann passieren. Also los, fangen wir an. Sam, du bewachst die Pferde und lässt die Straße nicht aus den Augen." Desmond läuft über die Straße, gefolgt von Rodney.

Am Boardwalk ziehen sie ihre Halstücher bis zu den Augen hoch, Desmond reißt die Tür zur Bank auf und stürzt hinein. Beide ziehen ihre Waffe und bedrohen den Kassierer. Der ist gerade dabei, seine Jacke über einen Stuhl zu hängen. Vor Schreck lässt er die Jacke fallen und hebt erschrocken die Hände. Desmond hält den Bankangestellten in Schach, Rodney achtet auf die Tür.

„Los, mach keine Zicken, schließ den Safe auf!", fordert Desmond den Kassierer auf. „Und schnell, wenn ich bitten darf!"

Der zögert nicht lange, ohne den Wachmann ist er praktisch wehrlos. Er öffnet den Stahlschrank und übergibt einen Sack mit Geld an die beiden Männer. Die fackeln keinen Moment, stürmen aus der Tür, verschließen sie von außen und springen auf ihre Pferde. Sam sitzt bereits auf seinem Gaul, dann reiten alle drei wie Furien aus der Stadt. Sie reiten, so schnell es ihre Tiere möglich machen. Die erste Pause wird nach einer halben Stunde strammen Galopps eingelegt. Die Pferde schwitzen, langsam legt sich der Staub hinter ihnen.

„Woher wisst ihr überhaupt, wohin wir reiten müssen?", fragt Sam. Er ist ständig in Sorge und bildet sich immerzu ein, von Scharen bewaffneter Männer verfolgt zu werden.

„Das ist ganz einfach", antwortet Desmond. „Wir reiten genau auf dem Santa Fé Trail entlang, die Strecke führt lange Zeit immer am Arkansas River entlang. Der weitere Vorteil dieser Strecke ist, dass es hier viele Spuren gibt und unsere deshalb kaum auffallen. Lass uns doch mal nachsehen, wieviel Geld wir erwischt haben", forderte Desmond Rod auf, der den Sack hinter seinem Sattel angebunden hat.

„Sollten wir nicht lieber weiterreiten? Wer weiß, vielleicht ist unser Vorsprung nur klein", gibt Sam zu bedenken.

„Wir sind gut in der Zeit, glaub mir. Bis die eine Posse zusammengestellt haben, dauert das eine Weile. Bis dahin haben wir einen guten Vorsprung", antwortet sein Bruder.

„Wie weit wollen wir überhaupt reiten?", setzt Sam nach.

„Perfekt wäre es, wenn wir die Grenze zu Colorado erreichen könnten. Bis dahin sind es 100 Meilen, dafür benötigen wir etwa zwei volle Tage. Wir müssen unseren Pferden auch mal eine Pause gönnen." Rod sieht es entspannt, er machte sich kaum Sorgen über ihre Verfolger.

„Kann es nicht sein, dass der Marshal ein Telegramm in den nächsten Ort, den wir erreichen, schicken könnte?", wendet sich Rod an Desmond.

„Im nächsten Ort, in Cimarron, gibt es eine Station, ich denke, wir gehen dem Ort am besten aus dem Weg. Morgen Mittag sollten wir Lakin erreichen, dort ist kein Marshal." Er grinst Rod an. „Ich denke schon eine Weile über eine gute Fluchtroute nach, der Santa Fé Trail ist der beste Weg, da gibt es nur wenige Orte."

Inzwischen haben er und Rodney das Geld gezählt. „Es sind 45.000 Dollar", verkündet Rod fast ehrfürchtig. „Jetzt brauchen wir für lange Zeit nicht mehr zu arbeiten." Alle drei grinsen breit.

Die Zeit drängt, inzwischen haben die Pferde ihren Durst gestillt und sich etwas Gras einverleibt. Bis zum Dunkelwerden legen sie noch ein tüchtiges Stück zurück. Die erste Nacht rasten sie in einer kleinen Höhle unter einem riesigen Granitfelsen. Die Pferde werden draußen angebunden und haben Gelegenheit, an dem spärlichen Gras zu knabbern. Für die Männer ist das Essen auch nicht viel luxuriöser, es gibt für jeden einen Streifen von der Speckseite, die sie sich in einer Pfanne über einem offenen Feuer braten.

Am nächsten Morgen geht es früh weiter, noch bevor sich der Nebel gelichtet hat. Sam muss die Pferde holen, die sich trotz der Fessel an den Vorderhufen über Nacht ein paar hundert Meter entfernt haben. „Wieso muss ich so etwas immer machen?", nörgelt er, als er zurück ist. „Sam mach dies, Sam tu das. So geht das immerzu…"

Die beiden anderen beachten ihn nicht weiter und ignorieren sein Gejammer. Sie satteln auf und diskutieren dabei, wie sie weiter vorgehen sollten. Der wichtigste Aspekt ist der, auf mögliche Verfolger zu achten.

Nach einem schnellen Ritt erreichen die drei zwei Stunden später »Lakin«, einen winzigen Ort mit höchstens 100 Einwohnern. Zu ihrer Überraschung gibt es eine Pferdewechselstation, kombiniert mit einer Gaststätte für die Reisenden.

Der Besitzer der Poststation und Betreiber der Gaststätte ist ein Ire, Jasper O'Loughlin. Mit griesgrämigem Gesicht empfängt er die drei Reiter. „Was wollt ihr denn so früh? Die Postkutsche kommt erst gegen Mittag."

„Red nicht, sag lieber, was du für uns zu essen hast", knurrt Rod als Antwort.

„Da ist noch Brot von gestern, Ihr könnt auch Bohnensuppe haben, die muss ich allerdings erst aufwärmen."

Rod sieht seine Kumpel an. „Ich nehme die Suppe, ich brauche etwas Warmes im Bauch."

Seine Freunde nicken und brummen zustimmend.

Desmond flüstert seinen Komplizen zu: „Einer von uns sollte draußen bei den Pferden bleiben, nicht, dass jemand Gefallen an unserem Sack findet."

Sam wird als erster Bewacher ausgeguckt, mit finsterer Miene findet er sich in sein Schicksal. Gegen die beiden kann er nichts auszurichten, Rod ist sein älterer Bruder, Desmond ist eine Klasse für sich, er ist der heimliche Anführer ihrer Gruppe.

„Gibt es Nachrichten aus Dodge?", fragt Rod möglichst beiläufig den Wirt.

Der zuckt mit den Schultern. „Die einzigen Nachrichten, die ich erhalte, kommen mit der Postkutsche. Die aus Dodge kommt immer am Abend. Der Kutscher gestern war der alte Grenville, der redet eh nicht viel." Er sieht dabei den drei Männern nicht in die Augen.

Rod und Desmond werfen sich verstohlene Blicke zu. Wenn das stimmt, haben sie ein unglaubliches Glück gehabt. Sie sprechen leise miteinander. Rod löst Sam bei den Pferden ab, damit der essen kann, dann zahlen sie beim Wirt ihre Mahlzeit und sitzen so schnell wie möglich auf. Eile ist geboten, noch sind sie nicht in Sicherheit. Kurz darauf ist eine Staubwolke alles, was auf sie hindeutet.

Der Wirt sieht nachdenklich aus dem Fenster. Er hat den dreien sofort angesehen, dass sie die Bankräuber aus Dodge City sind. Der Kutscher Grenville Houston hat sehr wohl von dem Überfall erzählt, das war viel zu spannend, als dass er es für sich behalten hätte. Aber was sollte er machen? Er ist hier alleine, das Letzte, was er hier brauchen kann, ist Ärger. Und den hätte es gegeben. Die Bankräuber hätten sicher kein Interesse an einem Zeugen gehabt, der sie haarklein beschreiben kann. Er allein gegen drei bewaffnete Verbrecher – er gehört nicht zu den besonders Mutigen.

Vier Stunden, nachdem die Bankräuber seine Gaststätte verlassen haben, trifft eine Posse ein. Der Anführer ist der Deputy aus Dodge, Harmon Jaeckel. Er ist Mitte 30, ein mächtiger Bart reicht ihm bis zur Brust. Bei ihm sind noch vier weitere Reiter.

„Ey, Jasper!", ruft er den Wirt. „Sind bei dir drei Männer gewesen?"

„Ja. Das ist aber schon vier Stunden her. Die sind um Mittag weiter geritten."

25

„Damned!", schimpft der Deputy. Mit einer Hand hält er den Zügel, mit der anderen streicht er nachdenklich über seinen Bart. „Kannst du die drei beschreiben?"

„Ja, ich habe sie mir genau angesehen. Einer ist groß und kräftig, er hat glatte, nach hinten gekämmte Haare. Sein Pferd ist ein schwarzer Wallach. Der zweite ist, glaube ich, sein Bruder. Der ist vielleicht 30 Jahre alt, auch groß, aber weniger kräftig. Er reitet einen Braunen, mit einer weißen Blesse. Der dritte …"

„Das genügt. Sie sind es, da gibt es keinen Zweifel." Er blickt sich zu seinen Männern um. „Die Gauner haben etwa vier Stunden Vorsprung. Bevor wir die erreicht haben, sind sie in Colorado. Wer ist dafür, dass wir weiterreiten?"

Die vier Reiter sahen sich an. Große Lust haben sie nicht, außerdem riskierten sie bei dem Job Leib und Leben. So fällt ihnen die Entscheidung nicht schwer. Mit mürrischen Mienen wenden sie ihre Pferde und reiten im lockeren Schritt zurück nach Dodge City.

Am Nachmittag erreichten die drei Bankräuber die Grenze zu Colorado. Die Grenze selbst ist nicht erkennbar, gleichförmig zieht sich die sandige Ebene dahin, unterbrochen nur von kurzen Geröllstrecken. Der nächste Ort heißt Holly. »Holly, Colorado. Pop. 57« steht auf einem kleinen Schild an der Straße. Ein Stacheldrahtzaun beginnt neben dem sandigen Weg. Das Ende ist nicht zu erkennen, hinter dem nächsten Hügel verschwindet er aus dem Gesichtsfeld. Sam wirft seinen Hut in die Luft. „Willkommen in Colorado! Hier kann uns der Sheriff aus Dodge nichts mehr anhaben!" Er blickt seine Kumpel lachend an. „Wir sind reich! Jetzt kann uns niemand mehr unser Geld wegnehmen!" Er lacht und gibt seinem Pferd kurz die Sporen, sodass es erschreckt ein paar rasche

Schritte macht und Staub aufwirbelt. „Was machen wir jetzt mit dem Geld?"

Sein Bruder grinst ihn an. „Ich möchte mir neue Stiefel kaufen, richtig teure, mit einer Stickerei drauf." Er blickt seinen Komplizen an, dessen Pferd ist gerade ein paar Schritte entfernt. „Und du, Desmond, was hast du vor?"

Desmond wirkt entspannt, jetzt können ihnen die Lawmen aus Kansas nicht mehr gefährlich werden. „Hier kann man sowieso nichts kaufen. Wir müssen noch bis Pueblo weiterreiten, das sind noch etwa drei Tagesritte. Bis dahin fällt mir ganz sicher etwas ein." Er lacht. „Zuerst brauche ich ein Mädchen, aber die gibt es auch erst in Pueblo. Also Jungs, lasst uns nicht länger verweilen, als nötig."

Der US-Marshal

Eine Woche nach dem Bankraub in Dodge City kommt ein Fremder in die Stadt geritten. Sein erster Besuch gilt dem Marshal, dem Polizeichef der Stadt. Er bindet seinen Rappen am Haltebalken fest und betritt das Büro. Er ist groß und schlank, er könnte etwa Mitte 40 sein, sein mächtiger Schnauzbart zeigt erste graue Borsten, während das üppige Haupthaar noch in dunklem Schwarz glänzt. Mit langen Schritten geht er zu dem Schreibtisch des Lawman. „Sind Sie der Marshal von Dodge City?"

Mark Calder nickt und steht auf, ein kräftiger Händedruck folgt. „Der bin ich. Wer sind Sie und wie kann ich Ihnen helfen?"

Der große Mann in der braunen Lederjacke und der grauen Stoffhose schlägt das Revers seiner Jacke zurück. An dem dunkelblauen Hemd blinkt ein Stern, es ist das

Abzeichen des US-Marshals, mit dem typischen Ring, der den fünfeckigen Stern umfasst. „Mein Name ist Roy Degesero, ich bin Marshal der Vereinigten Staaten." Er zieht den wackeligen Holzstuhl zurück und platziert seine kräftige Gestalt vor dem Schreibtisch des Gesetzeshüters von Dodge City. „Sie fragen sich sicher, was ich hier will?"

„Allerdings - obwohl, ich hätte schon eine Idee." Marshal Calder blickt kurz auf seine Fingernägel, die schon wieder einen unausrottbaren, schwarzen Rand aufweisen. „Wir hatten hier vor einer Woche einen Banküberfall, bei dem eine erhebliche Summe gestohlen worden ist. Mein Deputy hat noch versucht, die Gauner einzuholen, doch die waren der Grenze zu Colorado schon zu nahe gekommen, sodass das Vorhaben abgebrochen wurde."

„Genau, deswegen bin ich hier." Tief dröhnt der Bass des Bundesmarschalls. „Auf Grund meiner besonderen Vollmachten kann ich die Bankräuber auch über Staatsgrenzen hinweg verfolgen. Ich benötige eine möglichst präzise Beschreibung der Diebe, sowie den zuletzt bekannten Aufenthaltsort."

„Tja", der Marshal nickt. „Die Beschreibung kann ich Ihnen geben, den letzten Ort kann Ihnen mein Deputy besser nennen." Er zieht die Schublade seines Schreibtisches auf und wühlt in den dort liegenden Papieren herum. Schließlich fördert er drei Steckbriefe zu Tage und legt sie vor dem US-Marshal auf den Tisch. „Nur zwei der drei sind namentlich bekannt. Es sind die Brüder Rodney und Samuel Bishop. Der dritte hat offenbar in einer Scheune genächtigt und ist nicht weiter in Erscheinung getreten. Sein Bild haben wir nach den Angaben des Kassierers angefertigt."

Roy Degesero blickt mit gerunzelter Stirn auf die drei Blätter. „Das ist nicht viel, muss aber genügen. Ich werde versuchen, unterwegs durch Befragung von Zeugen die

Beschreibung zu verfeinern." Er nimmt die Steckbriefe auf. „Kann ich die mitnehmen?"

Der Polizeichef nickt. „Die sind inzwischen über alle Berge, die nützen mir hier sowieso nichts mehr."

„Gut, dann stecke ich sie ein. Übrigens, wo kann man hier gut essen?"

„Es gibt eigentlich nur eine Möglichkeit, das ist Pete's Food-House. Es ist in der Chestnut Street, vielleicht 100 Yard von hier."

Er hat kaum zu Ende gesprochen, als sein Deputy den Raum betritt, laut poltern dessen Stiefel auf dem Holzboden. „Hallo, Harmon, gut, dass du gerade kommst. Hier ist jemand, der eine Frage an dich hat. Marshal Dege…", er hält inne und blickt den BundesMarshal an. „Entschuldigen Sie, Sir. Ich bekomme ihren Namen nicht zusammen."

Roy Degesero grinste. „Keine Ursache, das passiert mir öfter." Er holt Luft: „D-E-G-E-S-E-R-O!", buchstabiert er langsam. „Um es für alle zu vereinfachen, sagen Sie doch einfach Roy zu mir."

Der Deputy Harmon Jaeckel streckt ihm die Hand entgegen. „Freut mich, Sie kennenzulernen, Roy. Ich stehe ihnen für jede Schandtat zur Verfügung."

Marshal Calder nimmt sich seine Jacke vom Haken. „Gut, jetzt haben Sie den Mann gefunden, der Ihnen am ehesten etwas über die Verbrecher erzählen kann. Ich gehe mal zum Saloon hinüber, der Gang lohnt sich immer." Er tritt durch die offene Tür nach draußen und verschwindet auf dem Boardwalk.

Der Bart des Deputy verdeckt seinen Stern am Hemd. Das ist jedoch ohne Bedeutung, jeder im Ort kennt den Mann, der meistens gutmütig und gesellig ist, mitunter aber sehr unangenehm werden kann. „Was hältst du davon, wenn wir zum Saloon rübergehen und uns einen Whisky genehmigen?"

Zum ersten Mal, seitdem er die Stadt betreten hat, huscht jetzt ein Lächeln über das sonst eher regungslose Gesicht des US-Marschalls. „Gute Idee, ich habe nach dem langen Ritt eine verdammt trockene Kehle! Will nur vorher mein Pferd versorgen."

Im Livery Stable bekommt das Tier freundliche und sachkundige Zuwendung.

„Da haben Sie einen prima Gaul", spricht der Stallwärter mit ihm. „Der ist sicher ein hübsches Sümmchen wert." Roy Degesero blickt seinem Pferd in die großen Augen, dessen Ohren sind zu seinem Herrn gerichtet. „Das möcht ich meinen, ich gebe ihn jedoch für kein Geld in der Welt her." Er hebt die Hand. „Howdy, bis morgen!"

Im Saloon Long Branch ist es so voll und laut wie immer, am Platz vor der langen Theke stehen die durstigen Gäste dicht gedrängt. Tabakrauch hängt unter der niedrigen Decke und dämpft den blassgelben Schein der Petroleumlampen.

„Ey, dahinten sitzt Mark!" Der Deputy hat den Marshal entdeckt, er sitzt an einem Tisch am Rande des einzigen langen Zimmers, das den Saloon bildet und spricht dort heftig gestikulierend mit drei Männern.

Als sie näher kommen, hören sie, um was es geht: „Was soll aus der Stadt werden, wenn die Rindertrecks nicht mehr kommen?", fragt der Polizeichef den Bürgermeister. „Gibt es einen Grund, warum hier noch jemand leben sollte?"

Der Bürgermeister, der auch der Eigentümer der Bank ist, nickt bedächtig. Sein Hut lässt sein Gesicht im Dunkeln, sodass seine Miene nicht zu erkennen ist. „Ich glaube, du siehst etwas zu schwarz, Mark, die Tracks werden noch eine Weile hier durchkommen. Ich will schließlich mit meiner Bank noch Geschäfte machen, damit wäre es dann auch vorbei."

Roy Degesero schiebt seine baumlange Gestalt zum Tisch und fragt mit tiefer Stimme: „Können wir uns zu ihnen setzen, Gentlemen?"

„Klar doch!" Die Männer rücken beiseite, ein Stuhl wird dazu geholt. Es stellt sich heraus, dass die Personen neben dem Bürgermeister und dem Polizeichef noch zwei weitere Geschäftsleute aus dem Ort sind. Es sind George Hoover, der Besitzer des Tobacco- & Liquorshops, sowie Frederick Zimmermann, der Inhaber des Gun & Hardware Store.

Der Bürgermeister und Inhaber der National Bank ergreift zuerst das Wort. „Ich bin sehr erfreut, dass Sie doch noch kommen, Mister. Ich dachte schon, die Bankräuber würden gar nicht mehr verfolgt, jetzt, wo sie wahrscheinlich Colorado erreicht haben."

Roy Degesero lehnt sich zurück und holt einen Beutel Tabak aus seiner Hemdtasche. Während er mit geschickten Fingern die Zigarette dreht und dabei die Gäste mustert, antwortet er. „Wir sind eben nur wenige und außerdem durch bürokratische Hindernisse gebunden. Dass es in diesem Fall vergleichsweise schnell ging, liegt wohl daran, dass Sie gute Beziehungen zum Justizministerium haben." Er mustert den Bürgermeister mit seinen dunklen Augen und zündet die Zigarette an.

Sein Gesprächspartner nickt. „Stimmt, mein Bruder Gilbert ist einer der Abteilungsleiter."

Roy Degesero zeigt wieder ein spärliches Lächeln. „Dacht' ich mir 's doch, es musste sowas sein." Er zündet gerade seine Zigarette an, als das Gespräch am Nebentisch plötzlich laut wird. Bis eben wurden dort Karten gespielt, jetzt springt einer der Spieler auf.

„Du spielst falsch, Alwin! Zeig' deine Ärmel vor!"

Der »Alwin« genannte bleibt scheinbar ruhig. Er legt seine Karten ab und beginnt, dass Geld aus der Mitte des Tisches zu sich zu schieben.

„Lass deine Finger von dem Geld, du Betrüger! Steh auf und zeig' deine Ärmel und deine Taschen vor!"

Jetzt blickt Alwin zum ersten Mal hoch, in das Gesicht seines Kontrahenten. „Lass uns das draußen klären!", zischt er ihm zu. Er erhebt sich und nestelt an seinem Revolver.

Marshal Calder sieht den beiden hinterher. „Sorry, Gentlemen, das ist ein Fall für mich." Er will aufstehen, doch der Bundespolizist hält seine Jacke fest. „Bleib sitzen, Mark. Ich werde mich darum kümmern. Dieser Alwin scheint irgendein krummes Ding vorzuhaben." Er springt auf und eilt mit langen Schritten den beiden Streithähnen hinterher.

Der Marshal erhebt sich wieder. „Das muss ich mir ansehen." Er sieht seinen Deputy an. „Vielleicht können wir noch etwas lernen."

„Ja, vielleicht müssen wir auch eingreifen!" Er steht ebenfalls auf und eilt seinem Chef nach auf die Straße.

Dort ist ein bedrohliches Szenario entstanden. Auf beiden Seiten der Straße sammeln sich Zuschauer, sie stehen oder sitzen auf dem Boardwalk. Für sie ist das Duell offensichtlich eine willkommene Abwechslung. Auf der Straße stehen die beiden Kontrahenten. Alwin hat seine Jacke geöffnet und nach hinten geschlagen, seine Hand pendelt bereits über dem Griff des Revolvers. Sein Herausforderer will gelassen erscheinen, der Schweiß, der unter der Hutkrempe hervorläuft, straft seine Lässigkeit Lügen.

„Wir müssen Einen ausgucken, der das Zeichen zum Ziehen geben soll!", ruft Alwin.

Ein geeigneter Mann wird schnell aus der Menge der Zuschauer gefunden. Es ist Bill Deloga, ein stadtbekannter Trunkenbold.

Alwin weist ihn kurz ein, er muss darauf warten, bis beide Kontrahenten ihre Bereitschaft signalisiert haben, dann kann er mit dem Countdown beginnen.

Der Gegner von Alwin scheint sich inzwischen zu wünschen, er hätte sich nicht auf das Duell eingelassen. Jetzt ist zu spät für einen Rückzieher. „Keine Sorge, das mach ich schon!"

Alwin gibt irgendjemandem ein Zeichen, indem er kurz den Hut in die Höhe hebt und ihn wieder aufsetzt.

Der Bundesmarschall steht auf dem Boardwalk, jetzt tritt er auf die Straße und geht auf Alwin zu. Der bemerkt ihn zuerst nicht, seine Aufmerksamkeit ist in die Ferne gerichtet. Doch dann erkennt er den hochgewachsenen Mann. „Was willst *du* denn? Bist du lebensmüde?"

Hundert Schritt entfernt reitet ein Mann auf das Duell zu. Plötzlich hat der US-Marshal einen Revolver in der Hand und richtet ihn auf Alwin.

Die Menge auf beiden Seiten der Straße hält die Luft an, keiner spricht, niemand will jetzt etwas verpassen.

„Hier gibt es keinen Showdown. Schon gar nicht, wenn ihr Kumpel auf dem Pferd ihren Gegner offenbar irritieren soll." Er blickt auf Alwin hinunter. „Los! Steck die Waffe ein und zurück in den Saloon! Oder ins Gefängnis, ganz nach Belieben."

Alwin hat die Situation erkannt, vorerst muss er nachgeben. Mürrisch steckt er den Revolver zurück in den Holster.

Sein Kontrahent steckt ebenfalls seine Waffe ein und kommt auf den US-Marshal zu. „Vielen Dank für Ihr Eingreifen, ich glaube, ich hätte den Kürzeren gezogen."

„Ganz sicher, Mister. Sie sollten geopfert werden, Sie haben es nur nicht gemerkt." Der Kartenspieler bleibt mit einem überraschten Ausdruck im Gesicht zurück.

Inzwischen ist jeder Gast des Saloons auf den Bürgersteig getreten. Die Menge macht bereitwillig Platz, als der US-Marshal Alwin mit gezogenem Revolver vor sich her in den Saloon dirigiert. Er nickt dem Polizeichef und dessen Deputy zu. „Kommt mit, ihr sollt etwas für mich untersuchen." Die beiden folgen bereitwillig, der Bundespolizist ist blitzartig in ihrer Achtung gestiegen.

Unter lautem Gemurmel folgen die Gäste und nehmen im Saloon Platz. Der US-Marshal geht voraus zu dem Tisch, an dem der Streit begann, die beiden Deputies aus Dodge City folgen ihm.

Am Tisch angekommen, fordert er die beiden auf, den Delinquenten zu bewachen. „Ich will mir etwas ansehen, ich will prüfen, ob ich Recht habe. Passt ihr derweil auf den Mann auf." Sein Blick fällt auf den Tisch. „Sie haben hier gesessen, nicht wahr?" Er blickt Alwin an, doch der schweigt und blickt zu Boden. „Was ist los? Zunge verschluckt? Macht nichts, wir haben genug Zeugen." Er mustert den Marshal und seinen Gehilfen. „Stimmt das? Ihr habt es doch auch gesehen."

Der Deputy meldet sich zuerst. „Genau, Roy. Er saß genau da."

Der faltet seine große Gestalt zusammen und hockt sich vor den Tisch, dass er darunter sehen kann. Es ist nicht sonderlich hell, er erkennt jedoch genug. Zwei Karten stecken in den Ritzen zwischen den Bohlen, aus denen die Tischplatte gefertigt ist. „So, Harmon. Wenn du jetzt bitte auch nachsehen würdest und die Karten zeigen würdest, die im Tisch stecken."

Der Deputy bekommt immer größere Augen und sieht den US-Marshal an, wie ein fremdartiges Lebewesen. Er geht ebenfalls vor dem Tisch in die Hocke und taucht mit zwei Karten wieder auf, die er auf den Tisch wirft. Es sind zwei Asse. Das Stimmengemurmel der Gäste im Saloon wird lauter, fasziniert blicken alle auf die beiden Poker-Karten. Alwin überlegt fieberhaft, wie er aus dem Saloon entkommen kann, er blickt sich hektisch um.

Der Bundes-Marshal hat bemerkt, dass der Betrüger etwas plant und hebt seinen Revolver ein wenig höher. „Einen Schritt, Freundchen, und der Undertaker bekommt Arbeit."

Aus der Masse der Gäste zwängt sich der Bürgermeister und Inhaber der National Bank hervor. „Sie haben mich schwer beeindruckt. Jetzt habe ich keinen Zweifel mehr, Sie werden unser Geld zurückbringen."

Roy Degesero nickt nur leicht, kurz liegt sein Gesicht im Schatten der Hutkrempe. „Warten wir's ab. In einem Monat wissen wir mehr."

Alwin wird vom Deputy abgeführt und in eine der beiden Zellen des Marshal's Office gesperrt.

Am nächsten Morgen verabschiedet sich der Marshal vom Polizeichef und dessen Gehilfen. Sein Pferd ist mit einem Sack bepackt, der Lebensmittel, Rasierzeug und Munition enthält. Eine zusammengerollte Decke und ein Kochgeschirr vervollständigen die spartanische Ausrüstung.

„Viel Erfolg Roy, pass auf dich auf, hörst du?"

Degesero nickt. „Keine Sorge, ich habe nicht vor, wegen solcher Strolche mein Leben zu riskieren." Dann reitet er im Trab aus der Stadt in Richtung Westen, nach Colorado. Er hat sich alles, was er über die drei Räuber erfahren kann, gemerkt und denkt während des Rittes darüber nach. Die drei Verbrecher haben etwa eine Woche Vorsprung. Der Weg zur Grenze ist klar, bis kurz vor die Staatsgrenze hat der Deputy mit seinen Männern die Kerle verfolgt. Von da an wird es schwierig, er muss viele Leute befragen. Da die Diebe ab der Grenze keine Eile mehr haben werden – sie glauben sich in Sicherheit - hat er durchaus eine Chance, sie einzuholen. Er wird es schaffen, darüber besteht für ihn gar kein Zweifel.

***

Die Stadt, nach der die drei Diebe sich schon so lange verzehren, ist Pueblo. Die drei erreichen den kleinen Ort, der aus wenigen, heruntergekommenen Gebäuden besteht. Der Wind hat alle Häuser mit einer gelbbraunen Schicht aus dem hier allgegenwärtigen Staub bedeckt. Einige Fensterscheiben sind entzwei, es wirkt alles stark verfallen. Die Mainstreet flimmert in der Sonne, das einzige Lebewesen scheint ein grauer Hund zu sein, der im Schatten des General Store im Staub liegt.

„Was ist denn das für ein Nest!", schimpft Rod und sieht Desmond grimmig an.

Der zuckt mit den Schultern. „Als ich davon gehört habe, florierte das Geschäft mit dem Gold. Über 2000 Menschen sollen hier gelebt haben."

„Das muss schon 100 Jahre her sein, hier ist ja der Hund begraben!"

„Nein, nein, das kann nicht sein. Das ist höchstens fünf Jahre her, als ich das letzte Mal davon gehört habe."

Rodney brummt etwas Unverständliches.

Sam meldet sich nach langer Zeit wieder. „Streitet euch nicht, sagt mir lieber, ob wir hier etwas zu essen bekommen und vielleicht auch mal wieder in einem Bett schlafen können."

Nun stehen die drei Reiter vor einem Haus, das vor ein paar Jahren ein Saloon gewesen sein muss. Auf dem großen Schild über dem Eingang steht kaum erkennbar, mit einer dicken Staubschicht bedeckt: »Goldnug-«. Es hat wohl früher Goldnugget geheißen – mit anderen Worten: ein Saloon.

„Sieh du mal nach, Sam, ob da Leben drin ist." Rod stützt sich mit beiden Händen auf dem Sattelhorn ab und sieht mit halb geschlossenen Augen an dem Gebäude hoch. „Es sieht nicht vertrauenerweckend aus."

36

Desmond sitzt ebenfalls nicht ab, sein Blick gleitet über die halb verfallenden Häuser. „Es ist wirklich unheimlich hier."

Sam hat seinen Revolver gezogen und geht vorsichtig auf die Eingangstür zu. Er blickt über der Schwingtür in den dunklen Raum.

Sein Bruder beobachtet sein Vorhaben amüsiert. „Hast du Schiss? Was soll denn passieren? Hier gibt es noch nicht mal Ratten!" Er lacht über seinen Bruder, der noch nie der mutigste war.

Der betritt nun den Schankraum. Wenig Licht fällt durch die Fenster, die Läden sind an fast allen Fenstern geschlossen, nur vom Oberschoss dringt ein bisschen Licht in den staubigen Raum; es reicht gerade, um sich zu orientieren. Die Bodenbretter sind lose, sie klappern leise bei jedem Schritt. „Hallo? Ist da jemand?" Mit erhobener Waffe geht Sam weiter. Er blickt hinter die Theke, nichts, nur ein paar leere, verstaubte Flaschen. Gegenüber dem Tresen ist eine kleine Bühne, zwei Stufen führten hinauf. Der Vorhang ist zugezogen, an einigen Stellen ist er eingerissen.

Hinter dem Tresen steht in einem völlig eingestaubten Regal eine halbleere Whiskyflasche. Sam streckt die Hand danach aus - das ist auf jeden Fall besser, als immer nur Wasser zu trinken.

Das Quietschen einer Diele lässt Sam innehalten. Er dreht sich auf der Suche nach der Quelle des Geräusches um und blickt in den Lauf einer Flinte, die zwischen den Falten des Vorhanges zu sehen ist. Jetzt tritt ein Mann hervor, die Waffe auf Samuel gerichtet. „Revolver fallen lassen und Hände hoch! Keinen Mucks!" Der Mann ist mindestens 60 Jahre alt, der ungepflegte, graue Bart reicht ihm bis auf die Brust. Dunkle Augen funkeln den Eindringling gefährlich an. „Was wollen Sie hier? Gold gibt's hier schon lange nicht mehr!"

„Wir suchen etwas zu essen, vielleicht einen Platz zum Schlafen."

„Essen?" Der Alte lacht verächtlich. „Wir haben selbst nichts zu beißen, wie sollen wir da noch anderen etwas abgeben?"

„Wo bleibst du, Sam?", tönte die Stimme seines Bruders von draußen. „Warum dauert das so lange?"

Der Alte richtet den Lauf der Flinte genau auf den Kopf von Sam. „Pass auf, was du sagst! Ein falsches Wort, und du brauchst nie wieder etwas zu essen!"

„Ich komme gleich! Einen Moment noch!", ruft Sam so laut, dass sein Bruder es hören kann.

„Cyril! Was wird das denn wieder?" Aus einer Tür am Ende des Schankraumes kommt eine Frau heraus. „Leg die Flinte weg, was willst du denn hier verteidigen?" Die Frau trägt ein langes Kleid, vor das eine verblichene Schürze gebunden ist. Ihre grauen Haare sind zu einem Knoten gebunden, auf ihrer Nase stützt sich eine vernickelte Brille ab. Jetzt sieht sie zu Samuel. „Entschuldigen Sie meinen Bruder. Er ist nicht mehr ganz richtig im Kopf." Sie greift nach dem Lauf der Flinte und nimmt sie ihm aus der Hand. „Scher dich nach hinten, da kannst du keinen Unsinn machen!"

Cyril Puckwitz verschwindet wie ein geprügelter Hund durch die Tür an der Rückseite.

„Entschuldigen Sie bitte den Überfall. Können wir Ihnen mit irgendetwas weiterhelfen?" Mit ihren faltigen Händen streicht sie eine graue Strähne, die keinen Platz im Knoten gefunden hat, hinter das Ohr.

„Wir suchen etwas zu essen und vielleicht ein Bett zum Schlafen. Gibt es hier so etwas?"

„Junger Mann, das sieht schlecht aus. Seit fünf Jahren ist der Goldrausch vorbei, seitdem verfällt hier alles. Es leben nur eine Handvoll Leute hier, unter anderem mein Bruder und ich. Allesamt haben wir selbst kaum etwas zu essen."

Samuel zuckt mit den Schultern. „Da kann man nichts machen. Könnten Sie mir wenigstens die halbvolle Whiskyflasche hinter der Theke verkaufen?"

„Die können Sie geschenkt haben, wer weiß, ob das Zeug noch gut ist." Sie ergreift die Flasche und reicht sie Sam.

„Danke, Ma'am!"

Er tritt vor die Tür des Saloons, stechend und unangenehm empfindet er die grelle Sonne. Die Pferde stehen vor der Tränke und schlürfen die letzten Tropfen heraus. Rod und Desmond sitzen im Schatten neben dem Saloon auf dem Stück Boardwalk, der nicht eingebrochen ist.

„Seht mal, was ich habe!", stolz hebt er die Flasche mit dem goldgelben Inhalt.

„Ist das alles? Dafür hast du so viel Zeit gebraucht?"

„Du hättest das auch nicht besser gemacht", mault Sam. „Hier wohnt niemand mehr, da ist nichts zu holen."

Desmond erhebt sich und klopft sich den Staub von der Hose. „Ich fürchte, wir müssen weiterziehen."

„Es ist zum Kotzen, wirft Rod ein. „Da haben wir mehr Geld, als wir jemals ausgeben können, und schieben Hunger - das ist fast zum Lachen."

Widerstrebend steigt Sam auf sein Pferd. „Mir hängt das Reiten zum Hals raus." Er wendet sich an Desmond. „Wo willst du überhaupt hin?"

Der zuckt mit den Schultern. „Meinetwegen können wir auch bleiben. Wir tränken unsere Pferde und lassen sie ein wenig ausruhen, bevor es weitergeht. Aber wohin? Weiter nach Osten, den Santa Fé Trail entlang, geht es in die Rockys. Ich schlage vor, wir wenden uns nach Norden. In Denver finden wir alles, was das Herz begehrt."

„Ja," sagt Sam griesgrämig, „hoffentlich etwas für den Magen."

Der blickt seinen Bruder an, der mit gekrümmten Rücken auf seinem Gaul sitzt und missmutig in die Runde blickt. „Es ist alles Scheiße. Aber Desmond hat recht, nach Norden erscheint mir auch vernünftig. Für heute, meine ich, sollten wir eine Pause einlegen, es folgt uns eh' keiner."

Pueblo liegt direkt am Arkansas River, zu dem führen sie ihre Pferde. Es gibt zu trinken und auch genügend Gras zum Weiden. Sam liegt auf seiner Decke im Schatten eines Baumes. „Na, wenigstens haben die Pferde alles, was sie brauchen." Er streckt seine Arme. „Sollten wir nicht unser Geld aufteilen?"

„Glaubst du, ich mache mich mit deinem Anteil davon?", ereifert sich sein Bruder.

„Nein, nein. Ich stelle mir nur gerade vor, dass der Sack verlorengeht, oder dass wir überfallen werden, dann wäre alles futsch. Wenn jeder ein Drittel hat, geht eben nur ein Teil verloren."

„Das hat was für sich", mischt sich jetzt Desmond ein. „Ich schlage vor, wir teilen es in Denver auf, dann hat jeder Geld dabei. Auch dann, wenn er die anderen verliert. Dort gibt es jede Menge Gelegenheiten zum Ausgeben."

„Was gibt es denn da alles zu kaufen?", will Sam von Desmond wissen.

Der liegt ebenfalls mit dem Rücken auf seiner Decke, den Hut über das Gesicht gezogen. „Man erzählt sich, dass Denver riesig ist, so große Städte gibt es nur wenige. Ich habe gehört, dass es dort jede Menge Saloons und noch mehr hübsche Mädchen geben soll. Außerdem sind dort Läden, in denen es alles zu kaufen gibt, was du dir vorstellen kannst."

40

Sam malt sich das in bunten Bildern aus. „Das klingt vielversprechend, dort kann ich eine schöne Waffe kaufen! Meinst du, dass ich da was finde?"

„Nun hört doch auf mit dem Palaver! Es dauert noch ein paar Tage, bis wir dort sind, kein Grund, jetzt schon in Begeisterungsstürme auszubrechen!" Rod dreht sich auf die Seite und versucht, trotz des bohrenden Hungers Schlaf zu finden.

***

Der groß gewachsene Mann, der auf einem schwarzen Pferd in die Stadt gekommen ist, betritt die Gaststätte neben der Pferdewechselstation in Lakin. Der Wirt zapft gerade ein Bier für die beiden einzigen Gäste, die in dem düsteren Raum sitzen. „Was kann ich für Sie tun, Mister?"

Der reicht dem Mann hinter der Theke die Hand. „Ich heiße Roy Degesero, ich bin Marshal der Vereinigten Staaten. Zuerst hätte ich gerne etwas zu essen. Außerdem habe ich ein paar Fragen zu drei Personen, die ziemlich sicher hier gewesen sind. Aber das hat Zeit bis nach dem Essen." Er blickt zu den beiden Gästen. „Haben Sie einen Platz frei, meine Herren?"

Die beiden wollen lieber unter sich sein, widerwillig machen sie dem Gesetzeshüter Platz. Doch der lässt sich von den abweisenden Gesichtern nicht beeindrucken. „Haben Sie vor etwa einer Woche hier drei Reiter gesehen? Zwei sind Brüder, der dritte soll ein gut aussehender, junger Mann sein."

Der eine der beiden hebt einen Finger, da erntet er einen vernichtenden Blick seines Kollegen. Der blickt ihm kurz nachdrücklich in die Augen und sieht dann zu ihrem Tischnachbarn. „Tut mir leid, Marshal, uns ist seit zwei Tagen niemand begegnet, wenn wir mal von der Postkutsche und einer Abteilung Kavallerie absehen."

Roy Degesero dreht sich eine Zigarette, es geht ihm flink von der Hand. Viele Jahre Übung machen sich bemerkbar. „Das macht nichts, ich glaube, ihren Weg zu kennen."

„Hinter wem sind Sie denn her, Marshal?" Der ältere der beiden beginnt ein unverfängliches Gespräch.

Sein Kumpel, Burt Harnell, nickt zustimmend und beugt sich nach vorne. „Erzählen Sie doch, Marshal, hier in der Abgeschiedenheit sind wir froh über jede Abwechslung."

Roy Degesero kneift den überstehenden Tabak seiner Zigarette mit den Fingernägeln ab und entzündet sein Machwerk. Seine Blicke folgen dem Rauch, er mustert dabei seine Nachbarn eingehend. Irgendetwas stimmt nicht mit den beiden. „Okay - die drei, die ich verfolge, haben die Bank in Dodge City vor neun Tagen überfallen. Ich soll im Auftrag der Bank das gestohlene Geld wiederholen."

Der ältere der beiden mustert den Marshal mit einem Grinsen. „Sie wollen die drei doch nicht alleine überwältigen?"

Doch Roy Degesero ist die Ruhe selbst. „Nein, das muss ich nicht und das werde ich auch nicht. Als US-Marshal habe ich die Möglichkeit, die jeweiligen Ordnungshüter vor Ort heranzuziehen." Jetzt ist er an der Reihe, zufrieden zu grinsen. „Ich muss die Räuber nur finden, das ist das Problem."

Stephen Wilkinson, der ältere der beiden, nickt. „Okay. Aber wie wir schon sagten, wir sind ihnen nicht begegnet." Er wendet sich an seinen Nachbarn. „Burt, es ist Zeit für uns zu gehen."

Der sträubt sich ein wenig. „Vorhin hast du noch gesagt, wir könnten …"

Sein Kumpel schneidet ihm den Satz ab. „Nun komm schon. Wir haben hier nichts mehr verloren." Zügig bugsiert er ihn nach draußen.

Vor der Tür begehrt sein Kollege auf: „Lass mich los, verdammt! Was soll das? Ich denke, wir bleiben die ganze Nacht hier."

„Ja, wollten wir auch, das war aber, bevor der Marshal seine Geschichte erzählte. Hör mal, uns sind die drei doch vor vier Tagen entgegengekommen. Wenn wir die vor dem Marshal finden, gehört das Geld uns."

Sein Kumpel ist nicht überzeugt. „Wenn wir sie nun nicht finden? Vielleicht sind die gefährlich und schnell mit der Waffe?"

„Du bist vielleicht eine Pfeife! Wir werden sie schon finden, wir wissen, wo sie vor vier Tagen gewesen sind, das klappt schon. Und außerdem: Wir werden die Jungs natürlich im Schlaf überraschen, ich bin doch nicht lebensmüde!"

Marshal Degesero blickt den beiden Gästen nachdenklich hinterher. Da war doch was? Genau in dem Moment, als er von dem Geldraub erzählte, wurden die beiden nervös. Ob die mehr wissen, als sie gesagt haben? Er ruft den Wirt zu sich. „O'Loughlin, sagen Sie, diese beiden Gäste, die eben so eilig ihre Schänke verlassen haben – wissen Sie, wo die hergekommen sind?"

Der Wirt setzt sich zu ihm an den Tisch – der US-Marshal ist ohnehin der einzige Gast. „Die sind heute Vormittag aus Westen gekommen, entlang des Santa Fé Trails, wie sie mir versichert haben."

„Haben Sie eine Idee, warum die beiden so schnell verschwunden sind?"

„Nein, das ist mir unverständlich, sie wollten eigentlich über Nacht bleiben." Er zuckt mit den Schultern. „Bleiben Sie denn wenigstens?"

Roy Degesero überlegt einen Moment. „Das ist eine gute Frage. Vielleicht sollte ich ihnen folgen … auf der anderen Seite ist mein Pferd erschöpft und muss sich ausruhen." Er blickt den Wirt an. „Ich bin ebenfalls seit 14 Stunden auf den Beinen, mir könnten ein paar Stündchen Schlaf auch gefallen."

Die Schlafstatt ist primitiv. Es ist lediglich ein großer Raum, in dem sauberes Stroh auf dem Boden verteilt ist und Decken bereitliegen. Der Marshal führt sein Pferd in den Corral, nimmt ihm den Sattel ab und gibt ihm vom Futter, das hier in der Pferdewechselstation vorgehalten wird. Danach legt er sich mit der Decke in das Stroh und schläft auf der Stelle ein.

***

Mickey Callaghan sitzt in Matt Richmonds Büro, der seit neun Jahren der Leiter seines Sägewerkes ist. Er sieht einige Papiere durch, erhebt sich dann von seinem Stuhl und sucht seinen Freund auf, um mit ihm über die Auslastung der Sägerei zu sprechen. Es hat sich als gute Entscheidung von ihm erwiesen, den früheren Lebenskünstler und Pokerspieler zum Leiter des Sägewerkes zu ernennen.

„Der Betrieb läuft immer noch sehr gut, die Bautätigkeiten in Gillette und Umgebung sind ungebrochen", erklärt Matthew und zeigt zum Fenster hinaus. Dort sind vier Mann damit beschäftigt, einen Baumstamm auf einem Wagen vor das Sägegatter zu schieben. „So geht das tagein, tagaus. Wir haben keinen Mangel an Nachfrage."

„Wie lange, meinst du, werden die Bäume auf unserem Land reichen?"

Matthew blickt nachdenklich durch das Fenster. Draußen wird jetzt der Baumstamm auf die Führung vor dem Gatter gelegt. Mit langen Stangen als Hebel wird er vom Wagen auf die Rollen der Zuführung gekippt, mit lautem Krachen kommt er kurz vor dem Sägegatter zu liegen.

„Wir haben seit Beginn etwa 5000 Bäume verarbeitet, das ist vielleicht ein Viertel aller Bäume auf deinem Land. Wenn ich mich nicht verrechne, ist dort in 30 Jahren kein Baum mehr. Vorausgesetzt, es läuft alles wie bisher."

„Hast du je überlegt, die gefällten Bäume wieder aufzuforsten?", fragt Mickey seinen Freund.

Der blickt ihn an, als wäre er übergeschnappt. „Sieh dich doch mal um! Bäume, soweit das Auge reicht. Und selbst, wenn wir aufforsten würden, von den Bäumen hätten frühestens unsere Enkel etwas."

Mickey grinst. „Siehst du, das meine ich doch. Wir denken nur an uns und nicht an spätere Generationen."

„Du magst recht haben, aber das hat noch niemand getan. Jetzt sieht es jedenfalls so aus, als wenn die Bäume bis in alle Ewigkeit reichen werden."

„Aber du hast doch eben noch gesagt, dass in dreißig Jahren - egal, lass gut sein, das ist nur so eine verrückte Idee von mir. Morgen möchte ich mit dir unser Land inspizieren, vielleicht müssen wir etwas dazu kaufen."

„Sehr schön. Gleich morgen früh?", möchte Matthew wissen.

„Klar, ich bin um acht hier an der Sägerei."

„Geht klar. Übrigens - was machen deine Kinder, insbesondere dein Jüngster?"

Mickeys Gesicht beginnt zu leuchten. „Wir haben viel Freude mit unseren Mädchen. Nun haben wir einen Jungen dazu bekommen, der wohl später von seinen Schwestern verhätschelt werden wird."

„Der wird dann wohl kein wirklicher Nachfolger von dir, oder?", fragt Matt mit einem Schmunzeln.

Mickey lacht. „Die Revolverhelden werden aussterben, oder was meinst du, wie lange diese Zeit der Gesetzlosigkeit noch anhalten mag? Eine Zeit, in der jeder das Gesetz in die eigene Hand nehmen kann."

„Wo du grad davon sprichst: Ich habe gehört, dass die Trails immer häufiger durch Stacheldraht blockiert werden. Die Siedler lassen sich nicht vertreiben, wo sollen sie auch hin? Die Rancher müssen sich damit abfinden, dass sie nicht jedes Stück Land mit der Waffe vereinnahmen können. Es gibt schließlich Gesetze. Vielleicht noch zehn Jahre?" Matt lehnt sich auf seinem Stuhl zurück und blickt seinen Freund aufmerksam an.

„Meinst du, dass es noch so lange dauern wird? Die Indianer treten nicht mehr kriegerisch auf. Ich vermute, dass es diese Zeit nicht mehr lange geben wird."

„Das mag man bedauern, oder auch nicht. Ich glaube jedoch, dass wir das Beste daraus gemacht haben."

„Da hast du recht. Wir haben allerdings auch unverschämt viel Glück gehabt." Mickey erhebt sich und streckt seine lange Gestalt. „Lass uns Schluss machen. Ich komme morgen früh wieder her."

Am nächsten Morgen trifft Mickey auf seinem großen, schwarzen Pferd – seinem Brighty – wieder bei Matthew ein. „Alles klar, alter Freund? Ich bin so weit."

„Guten Morgen, Mickey. Moment, bin gleich soweit, ich muss nur noch aufsatteln."

Eine Viertelstunde später sind die beiden Freunde unterwegs. Sie reiten die Straße entlang, die dem Brazos River in Richtung Gillette folgt. Das Tal ist vor neun Jahren in etwa 400 Parzellen zu 325 x 2000 Meter eingeteilt worden. Inzwischen sind 95% aller Grundstücke verkauft, die meisten der hier Lebenden sind Farmer, daneben gibt es einige Handwerker und Händler.

Das Gebiet, das Mickey nach der Einteilung der Parzellen für sich behalten hat, beginnt direkt hinter dem Sägewerk. Es sind 4 Parzellen in der Breite und zwei Parzellen in der Länge, sein Waldgrundstück ist demnach 1350 x 4000 Meter groß. Die erste ¾ Meile sind fast alle Bäume abgeholzt, nur wenige kleine, inzwischen nachgewachsene Bäume ragen in den Himmel. In der Ferne ist einer der beiden Holzfäller-Trupps zu sehen, so wird dem Sägewerk der Rohstoff nicht ausgehen.

Nachdenklich sieht Mickey zu den in der Ferne arbeitenden Männern hinüber. „Wie ich sehe, sprießen bereits jede Menge neue Bäume, und das von ganz allein. Wenn du dich darum kümmerst, dass sie weiter wachsen und nicht von den Wagen umgefahren werden, dann hast du später einen neuen Wald."

Matt sieht seinen Freund skeptisch an, wird der jetzt komisch? Nein, er meinte es offensichtlich so, wie er es sagte. „Gut, ich kümmere mich darum, ich spreche nachher mit den Arbeitern."

Hinter dem Waldstück von Mickey Callaghan beginnt das Farmland. Kunterbunt stehen hier verschiedene Pflanzen nebeneinander. Jetzt ist ein buntes Kopftuch zu sehen. Es gehörte zu Elizabeth Bishop, die mit der Hacke das üppige Unkraut entfernt.

„Guten Morgen, Betty!" ruft Matt zu der Frau hinüber.

Sie winkt mit der Hand und kommt zur Straße.

„Darf ich dir meine Nachbarin vorstellen, Mickey? Sie ist die Witwe, dessen Mann Geoffrey vor vier Jahren in unserem Sägewerk so schrecklich ums Leben gekommen ist."

„Ja, ich erinnere mich, den Vorfall werden wir wohl nicht so schnell vergessen. Wie kommen Sie denn zurecht, Frau Bishop?"

Die junge Frau, sie ist etwa Mitte 30, nickt bedächtig mit dem Kopf. Ihr rotbraunes Haar ist zu einem Knoten gebunden. Das Gesicht wirkt verhärmt, lässt aber noch frühere Schönheit erahnen. „Ich komme zurecht, meine beiden Kinder kann ich eben so ernähren, das ist mehr, als andere von sich behaupten können", sie seufzt und streicht sich eine rote Strähne aus dem Gesicht. Jetzt lächelt sie Matt an. „Dank der Hilfe der Männer vom Sägewerk kann ich auch mal schwere Dinge anpacken." Sie zeigt an das Ende der Parzelle. „Einen Teil der Bäume haben sie dort gerodet und mich für das Holz sehr gut entlohnt."

Mickey staunt über die tüchtige Frau, dann grinst er seinen Freund an. „Ist das auch alles in die Bücher eingetragen?"

Matts Mund umspielt ein Lächeln. „Du kennst mich doch, korrekt bis in den Tod."

Mickey kennt seinen Freund, er ist nicht auf den Kopf gefallen, dafür nimmt er es mit der Bürokratie nicht so genau.

„Wo sind deine Kinder, Betty?", will Matt von der jungen Frau wissen.

„Amanda ist im Haus, sie putzt Gemüse, Johnny ist noch in der Schule, er wird nachher mit dem Wagen des Nachbarn gebracht."

„Das klingt, als hättest du alles im Griff. Grüß' die beiden von uns, wir machen uns wieder auf den Weg."

„Good Bye Matt, grüß' Joan von mir!"

„Ja, die arme Betty," sinniert Matt auf dem Rückweg. „Sie hat es nicht leicht gehabt, sie ist jedoch tüchtig und hat zwei fleißige Kinder."

„Sie sieht doch gut aus, hätte sie nicht ein zweites Mal heiraten können?", fragt Mickey.

Matt zuckt mit den Schultern. „Wer weiß, man steckt nicht in den Menschen drin."

Denver

Denver ist eine Stadt in Colorado. Für die drei Gauner jedoch ist die Stadt die Erfüllung all ihrer Träume. Auf den letzten Meilen ihres Rittes haben sie sich immer wieder neue Dinge ausgemalt, die sie hier mit dem vielen Geld, das sie mit sich führen, kaufen würden. Zum Beispiel ein neues Pferd, einen schicken Anzug. Ihre Phantasie geriet zum Schluss völlig aus dem Ruder, sodass Desmond die immer absurderen Ideen mit: „Hört auf mit dem Quatsch! Das wichtigste ist doch eine Frau", zunichte macht.

Die beiden verstummen. „Erzähl doch mal, warst du schon mal hier?", will Sam wissen.

Desmond schüttelt den Kopf. Nein, noch nie. Ich habe aber viel gehört. So sagt man, dass hier die hübschesten Girls des ganzen Westens beheimatet sind."

„Na, jetzt übertreibst du aber!"

Desmond grinst. „Vielleicht, vielleicht auch nicht. Aber träumen darf man doch."

Denver ist eine riesige Stadt, die am Zusammenfluss des South Platte River mit dem Cherry Creek liegt. Es wohnen fast 40.000 Menschen hier. Desmond wusste mal wieder mehr, als seine Mitreisenden. „Vor zwanzig Jahren hat man hier Gold gefunden, deshalb ist Denver so groß."

„Weiß der Herr Oberschlaumeier vielleicht auch, ob es immer noch Gold gibt?", fragt Rod mit einem gehässigen Unterton.

Desmond ignoriert die Spitze, lediglich seine rechte Augenbraue zuckt etwas nach oben. „Nein, das Gold gibt es nicht mehr, seit zwei Jahren findet man stattdessen Silber." Er mustert Rod mit einem schrägen Blick. „Willst du nach Silber schürfen? So der fleißigste Typ scheinst du mir nicht zu sein."

Rod mustert seinen jungen Kollegen verärgert. Wieso nimmt dieses Greenhorn sich so eine Frechheit heraus? Und das ihm, dem schnellsten Schützen westlich des Mississippi? Er würde diesem Desmond bei Gelegenheit eine Lektion erteilen müssen, das steht fest. So antwortet er nur: „Die meisten Sucher nach Silber oder Gold kommen ärmer zurück, als sie angereist sind. Dazu jeden Tag Schinderei, in der Nacht ein hartes Bett und immerzu die Notwendigkeit, auf Diebe achtzugeben." Er schüttelt den Kopf. „Nein, das ist nichts für mich. Man kommt schneller zu Reichtum, wenn man hier oder da mal eine Bank oder eine Postkutsche überfällt." Er lacht meckernd.

„Sagt mal, wollten wir nicht unseren Raub aufteilen, bevor wir in Denver sind?", fällt Sam ein.

„Okay, lass uns das morgen früh machen, heute habe ich keine Lust mehr dazu" antwortet Rod.

Entlang des Weges steht nun ab und zu ein Haus, je näher die drei Reiter der Stadt kommen, desto mehr werden es. Schließlich stehen sie dicht an dicht, solide gemauerte Gebäude, mit ein bis zu vier Stockwerken Höhe. Die Männer reiten auf der ungepflasterten Hauptstraße, tiefe Furchen von Fuhrwerken erschweren den Pferden das Vorankommen. Es gibt wenige, hölzerne Häuser, die den großen Brand von 1863 überstanden haben. Vor ihnen sind die Bürgersteige aus Holz, vor den neuen Häusern gibt es fast immer einen gepflasterten Weg. Mit Fässern und Kisten beladene Pferdefuhrwerke quälen sich in beide Richtungen der Straße, angetrieben von den lauten Rufen ihrer Kutscher.

Die drei Cowboys kommen aus dem Staunen nicht mehr raus, so eine große Stadt haben sie noch nie gesehen.

„Wir sollten uns etwas zum Essen und zum Schlafen suchen", schlägt Desmond vor.

„Ich denke, du willst zuerst nach den Girls suchen, so hast du vorhin noch großspurig geprahlt!" Rod kann sich diese Bemerkung nicht verkneifen.

„Glaubst du, ich suche mir hungrig und schmutzig ein Mädchen? Du kannst ja gerne ungewaschen und ausgehungert eines beglücken." Missmutig sieht er Rod neben sich an. Der ist eine Handbreit größer als er, dafür dicker und 13 Jahre älter. Das mit dem schnellen Schützen will er erst glauben, wenn er es gesehen hat.

Rod antwortet nicht, er schickt seinem jungen Kollegen nur einen giftigen Blick hinüber.

Das erste Hotel, das »St. James«, ist völlig ausgebucht. Die drei Ankömmlinge stehen nach der Absage auf der Straße. „Das ist nichts, wir müssen weiter suchen", Desmond ist noch guten Mutes.

„Können wir nicht draußen übernachten?", wirft Sam ein.

„Hast du einen Vogel? Wir schwimmen in Dollars und du willst auf einer Wiese schlafen? Kommt gar nicht in Frage, wir suchen weiter." Rod will jetzt endlich die Vorteile auskosten, die der Besitz einer großen Menge Geldes mit sich bringt.

Zwei Hotels später, im »Metropole«, haben sie Glück. Sie erwischen drei der letzten Zimmer. Die sind nicht gerade billig, aber wenn fast alle Hotels belegt sind, kann man nicht wählerisch sein. Die Gauner freuen sich an den – für ihre Begriffe - luxuriös ausgestatteten Zimmern. Die Toilette befindet sich auf dem Flur, das ist sehr modern, normalerweise gibt es Toiletten nur außerhalb des Hauses. Stattdessen finden sie dort einen Stall, in dem sie die Pferde unterstellen können. Die Männer stehen im Stroh neben ihren Tieren und satteln sie ab.

„Was machen wir mit dem Geld? Wir können es nicht immer mit uns herumschleppen. Hierlassen können wir es auch nicht, dann wird es gestohlen. Ihr glaubt ja nicht, wie schlecht die Welt ist." Rod grinst.

Die drei sehen sich an und denken einen Moment nach. „Ich nehme das Geld und verstecke es auf meinem Zimmer", bietet sich Rod an.

„Gut, wir wollen aber sehen, wo du es verbirgst. Das Versteck muss gut sein", kommentiert Desmond.

Sam nickt dazu. „Was machen wir heute Abend? Wir sollten uns einen kleinen Vorschuss genehmigen, sonst sitzen wir buchstäblich auf dem Trockenen."

„Gut, ich sag mal, jeder bekommt 200 Dollar. Das sollte für heute Abend ausreichen", Rod schultert sein Gepäck und geht vor seinen Kollegen in das Hotel.

Es gibt drei Stockwerke, schimpfend steigen die drei eine knarrende Holztreppe hinauf. Dafür sind die Zimmer ganz ordentlich, die Wände sind tapeziert, in jedem Zimmer steht ein bequemes Bett und eine Kommode mit einer Waschschüssel darauf. Schwere Vorhänge zieren die Fenster.

„Wo bleiben wir jetzt mit dem Geld? Unter dem Bett ist zu einfach." Desmond sieht prüfend in jede Ecke des Zimmers.

Sam hat sein Gepäck abgelegt und kommt in Rods Zimmer. „Hee, in meinem Zimmer ist so 'n tolles Bett mit einem … Stoffzelt … ihr wisst schon ..."

„Ein Baldachin? Schön für dich, warum erzählst du das?", erwidert Rod etwas spöttisch.

„Na, ja, ich denke, dass man den Geldsack oben drauflegen könnte."

„Bitte?" erwidert Rod lachend, „der Sack ist doch viel zu schwer, das sieht man doch von unten!"

„Naja, nicht gerade in der Mitte, das ergibt natürlich eine auffallende Beule", erwidert Sam beleidigt. „Irgendwo in den Falten von diesem Balda ... na, ihr wisst schon."

„Das klingt gut", stimmt Desmond zu. „Wir sehen uns das mal an, kommt schon!"

Drüben in Sams Zimmer sehen sich die drei das Bett an. Ein Baldachin aus dunkelrotem Stoff spannt sich in einem sanften Bogen über dem Bett, etwa eine Fußlänge unterhalb der Decke.

„Okay, das haut hin, da blickt man nur zufällig hin."

„Gut, aber vorher möchte ich noch etwas Taschengeld haben", wiederholt Sam seinen Wunsch von vorhin.

Rodney öffnet den Sack und blickt hinein. „Himmel, ich kann mich an dem vielen Geld gar nicht satt sehen."

„Komm schon, gib uns etwas!"

Jeder erhält ein paar Scheine, etwa 200 Dollar. Dann steigt Rod – ohnehin der Größte der Truppe - auf einen Hocker und schiebt die Tasche sachte auf den Baldachin. Seine beiden Kumpel sehen ihm dabei zu und betrachten das Ergebnis.

„Nein, so kann man sehen, dass was drauf liegt" sagt Sam, „schieb noch etwas zur Wand hin – noch etwas! Ja, so ist es gut, das merkt kein Mensch."

Sehr zufrieden geht jeder in sein Zimmer und macht sich für den Abend frisch. Jeder malt sich den Ablauf unterschiedlich aus. Dann sagt Rod: „Eins ist klar, wenn ich nicht bald etwas zu beißen kriege, brauche ich keine Frau mehr, denn dann bin ich verhungert." Die Anderen stimmen ihm ausgelassen zu. Alles läuft gut, endlich sind sie am Ziel.

Burt Harnell und Stephen Wilkinson erreichen am späten Nachmittag die Vorläufer der Stadt Denver. Vereinzelt gibt es Häuser und Farmen rechts und links des

Weges. Sie kommen an eine Anhöhe und blicken von oben auf die Stadt hinunter. „Du meine Güte, Stephen, hast du gewusst, dass Denver so groß ist?"

Stephen stützt sich auf dem Sattelhorn ab und lässt seine Blicke über das Gewühl auf den Straßen und die vielen Gebäude schweifen. „Nein, nicht im Traum." Er guckt betrübt zu seinem jüngeren Kollegen. „Wie zum Teufel sollen wir denn in diesem Ameisenhaufen die Gauner finden? Ich sag dir: Wir hätten sie schon früher überrumpeln sollen."

Burt schüttelt den Kopf. „Und wie hättest du das anstellen wollen? Uns ist es gerade mal gelungen, ihren Vorsprung von 4 Tagen aufzuholen. In kürzerer Zeit wäre es gar nicht möglich gewesen. Unsere Pferde sind fix und fertig, von uns mal abgesehen."

Sein Kumpel nickt betreten. „Ja, ja. Ich weiß. Du hast ja recht. Aber was machen wir jetzt? Es wäre purer Zufall, wenn wir sie finden."

„Das sehe ich auch so. Wir könnten auf den US-Marshal warten, vielleicht findet der sie vor uns, immerhin ist der Bursche Bundespolizist." Er grinst.

„Könnte durchaus sein. Was meinst du, wie weit der hinter uns ist?"

„Kann nicht mehr viel sein, höchstens einen Tag, würde ich sagen. Er hat sich sicher genauso beeilt, wie wir." Sie beschließen, sich ein Nachtlager am Rande der Stadt zu suchen und morgen mit der Suche in den Hotels und Saloons der Stadt zu beginnen.

Einen Tag später erreicht US-Marshal Degesero ebenfalls Denver. Missmutig beobachtet er den Betrieb in den Straßen. Morgen will er den Polizeichef der Stadt aufsuchen, und ihn bitten, ihm zwei, oder besser noch mehr Männer für die Suche nach den Gaunern zur Verfügung zu stellen. Er hat, neben der Personenbeschreibung der

Männer, auch das Aussehen der Pferde notiert. Wenn die Tiere zum Beispiel vor einem Saloon angebunden wären, könnten die Besitzer nicht mehr weit sein. Auch in Mietställen kann man deren Pferde in aller Ruhe inspizieren. Informationen über die Sättel und das Gepäck ergänzen seine Liste.

Die Sonne versinkt hinter den Bergen und färbt für wenige Minuten den Himmel feuerrot. Die Brüder Bishop und ihr Kollege Desmond haben sich fertig ausstaffiert. Sie haben gebadet und sich den Staub aus den Kleidern geklopft. Morgen wollen sie ihre Ausrüstung ergänzen, für diesen Tag musst die alte, abgetragene genügen. Nach kurzer Beratung haben sie sich für den Pioneer-Saloon entschieden. Er ist aus Stein gemauert, hat zwei Stockwerke und scheint der größte seiner Art zu sein.

Der Saloon ist total überfüllt. An zehn Tischen drängen sich etwa 80 Männer, die Theke wird durch die vielen Gäste verdeckt. Man erblickt hinter den vielen Menschen nur den schwarzen Schopf eines hünenhaften Barkeepers, der hinter der Theke hin und her flitzt.

Desmond sieht nicht zur Bar. Sein Augenmerk gilt jetzt dem schönen Geschlecht. Im Moment ist keine einzige Frau zu sehen, bei denen herrscht wohl auch Hochkonjunktur. Jetzt kommt eine die Treppe herunter, hinter ihr geht ein Mann, der sich seine Jacke zuknöpft.

Desmond geht auf sie zu, aber er ist schon zu spät. Mehrere Gentlemen streben auf die Frau zu. Die pickt sich einen der Männer heraus und geht wieder die Treppe hinauf. Wenige Sekunden später ist sie im Halbdunkel des Obergeschosses verschwunden. Desmond wartet geduldig. Eine Viertelstunde später ist er erfolgreich.

Rod und Sam beobachten sein Vorhaben von der Bar aus. „Was ist mit dir? Willst auch noch zu einer Frau?", fragt Rod seinen Bruder.

Der zuckt mit den Schultern. „Eigentlich schon - mal sehen, was Desmond nachher berichtet."

Es dauert etwa eine halbe Stunde, bis ihr junger Kollege die Treppe herunterkommt. Gespannt blicken ihn die beiden Brüder an.

„Und? Wie ist's? War die Frau gut?"

Desmond zuckt mit den Schultern. „Ach, wisst ihr. Es ist immer dasselbe. Zuerst kann man es nicht mehr abwarten, und dann, wenn es passiert ist, ist man hinterher irgendwie ernüchtert." Er lächelt etwas gequält. „Lasst uns noch etwas trinken, ich lade euch ein."

Der Abend wird mit vorrückender Stunde immer lustiger. Die drei sind ziemlich angeheitert, als sie nach Mitternacht den Heimweg antraten. Nur teilweise entkleidet sinken sie in die Betten und schlafen sofort ein.

Am nächsten Morgen kommen die drei Bankräuber nur schwer aus dem Bett. Verkatert und mit üblen Kopfschmerzen treffen sie sich im Frühstücksraum des Hotels. Die meisten Gäste sind bereits abgereist oder in Geschäften unterwegs. Die drei teilen sich den weiß gestrichenen Raum mit anderen Spätaufstehern.

Es gibt warmen Bohneneintopf, Blutwurst und auf dem Herd geröstetes Weißbrot. Der Kaffee duftet verlockend.

Rod ist der letzte, er setzt sich zu den beiden, die ihren Teller kaum angerührt haben. „Was ist los? Keinen Appetit?" Er schaufelt ein paar Löffel von den dicken Bohnen in sich hinein und mustert mit grimmigen Gesicht seine Kollegen. Es scheint ihm heute nicht besonders gut zu gehen.

„Ich brauch nur den Kaffee, dann geht es schon wieder …" sagt Sam und schlürft das heiße Getränk mit Genuss.

„Was machen wir heute? Habt ihr schon eine Idee?"

Sein Bruder lehnt sich zurück. „Ich habe gedacht, dass wir uns heute neue Klamotten kaufen."

„Ich brauche einen neuen Revolver, bei meinem ist die Führung der Trommel ausgeleiert. Außerdem gefällt mir meiner nicht mehr", ergänzt Desmond.

„Gut. Teilen wir uns auf, oder gehen wir zusammen los?" Rod hat sein Frühstück verputzt, er trinkt jetzt von der dunklen Brühe, die aus gerösteten Kaffeebohnen zubereitet worden ist. Er erwischt den Rest aus der Kanne und hat nun den Mund voller Kaffeemehl. Er spuckt es auf seinen Teller. „Verdammt! Sam, hol mal Nachschub. Das schmeckt ja scheußlich!"

Sam brummt etwas Unverständliches, er steht auf und geht mit der Kanne zur Küche. Er ist es gewohnt, seinem älteren und kräftigeren Bruder zu gehorchen.

Rod stützt sich mit dem Ellenbogen auf dem Tisch ab und stochert mit einem spitzen Messer in seinen Zähnen herum.

Desmond sieht ihm mit angewidertem Gesichtsausdruck zu. „Hast du eigentlich je eine Frau gehabt?"

Der sieht ihn verächtlich an. „Wie kommst du jetzt darauf? Was meinst du für eine Frau? Eine Hure oder eine richtige, für länger?" Er zögert einen Moment und fährt seinen Kumpel zornig an. „Wieso willst du das wissen, zum Donnerwetter? Das kann dir doch ganz egal sein." Er nimmt wieder sein Messer in die Hand und versucht Gedankenverloren, sein Gesicht in der Klinge zu spiegeln.

„Ich mein ja nur, ich weiß so wenig von dir." Desmond zuckt mit den Schultern - dann eben nicht. Wahrscheinlich gibt es keine Frau im Leben seines Begleiters, denn die hätte ihm Tischmanieren beigebracht. Nein, eine Frau hat Rod sicher nicht gehabt.

Sam taucht mit einer frisch gefüllten Kaffeekanne wieder auf. „Hier Rod, hat etwas gedauert. Dafür ist er heiß."

„Heiß? Du willst wohl, dass ich mir mein Maul verbrühe?" Er hebt den emaillieren Becher. „Füll ein, aber nicht kleckern!" Rod ist an diesem Tag besonders schlechter Laune.

„Was bist du heute eigentlich so schlecht drauf?", fragt Desmond. Sam versucht schon lange nicht mehr, seinen Bruder zu verstehen, er hat sich mit dessen Launen abgefunden.

Rod mustert Desmond mit finsterem Blick. „Du willst wohl alles wissen, was? Also gut. Ich hab' Zahnschmerzen," er öffnet den Mund weit, „hier hinten, der Letzte, siehst du?"

„Ja, ich sehe. Hast du schon mal in Erwägung gezogen, einen Zahnarzt aufzusuchen? Hier in Denver findest du wahrscheinlich einen richtigen, der nicht bloß ein Quacksalber ist."

Rod brummt etwas Unverständliches. „Ich nehm' lieber einen Whisky, das hilft auch." Unsanft setzt er den Becher auf den Tisch. „Mir geht deine Fragerei gehörig auf den Nerv, weißt du?"

Desmond zuckt mit den Schultern, hebt seinen Becher und leert den Rest in einem Zug. „Wie du meinst. Ich weiß jedenfalls mehr von dir, als du von mir." Er stellt den Becher ab und erhebt sich. „Wer kommt mit? Ich will einen Gun-Shop suchen und mir einen neuen Revolver kaufen."

Sam blickt seinen Bruder an, er wäre gerne mitgegangen. Als er jedoch Rods griesgrämigen Blick sieht, hat er nicht viel Hoffnung, und richtig: „Wir kommen später nach", brummt der.

Burt Harnell und Stephen Wilkinson reiten im Schritt auf der Hauptstraße in Denver und blicken sich ein wenig ratlos um. Auf der Straße herrscht viel Betrieb, ein buntes Gemisch aus Reitern, Karren und mit Pferden gezogenen Wagen wälzt sich in beide Richtungen. Weit in der Ferne erheben sich die Berge der Rocky Mountains in den Himmel.

„Wie gehen wir am besten vor?", fragt der Jüngere seinen Freund. „Wenn sie nun gar nicht mehr in der Stadt sind?"

„Das wäre Pech, aber nicht zu ändern. Ich glaube, dass die Kerle noch hier sind. Sie denken wahrscheinlich, dass sie in einem anderen Bundesstaat nichts zu befürchten haben."

„Gut. Aber wie fangen wir es an?"

„Wir beginnen hier in der Hauptstraße, einmal rauf und runter, dabei sehen wir in jedes Geschäft und in jeden Stall. Die geben hier bestimmt ihr Geld aus, das würde ich jedenfalls so machen."

Die Pferde an den Haltestangen an der Straße sind leicht zu überprüfen, sie werfen einen raschen Blick in jedes Geschäft und in jeden Saloon. Eine Stunde später stehen sie vor dem »Metropole Hotel«.

„Frag du an der Rezeption nach den Männern, ich sehe hinten im Stall nach", schlägt Stephen vor. Burt betritt das Hotel durch die hölzerne Tür an der Frontseite, sein Kumpel geht durch ein Tor auf den Hof. Ein Schild an der Straße hat darauf hingewiesen, dass für Gäste des Hotels die Möglichkeit besteht, ihre Pferde unterzustellen. Im Stall sind sechs Gäule angebunden. Drei von ihnen kommen ihm bekannt vor. Da sind ein auffälliger Apfelschimmel, ein fast schwarzer Hengst mit ein paar hellen Flecken und ein Brauner mit zwei weißen Beinen. Hat er endlich die richtigen gefunden? Er fragt den alten Mann, der gerade mit einem Eimer hereinkommt. Er hat Wasser von der Pumpe geholt, um seine Schützlinge zu tränken. Zwischen den wenigen Zähnen klemmt eine Pfeife, ein speckiger Hut ist auf die grauen Haare gedrückt. „Kann ich Ihnen helfen?", fragt er Stephen, der gerade neugierig die Sättel der drei fraglichen Pferde mustert.

„Äh, ja. Wissen Sie, wo sich die Besitzer dieser Pferde aufhalten? Ich will mich mit ihnen treffen, aber ich habe sie leider verpasst."

Der alte Stallwart stellt den Eimer ab, nimmt die Pfeife aus dem Mund und sieht sie missmutig an. Die Glut ist erloschen, er klopft die Asche aus, schabt mit einem Messer darin herum und legt sie auf einen Querbalken. Er kratzt sich am Kopf und sieht seinen Gast an. „Tja, da kann ich Ihnen nicht helfen. Sie haben die Pferde gestern hier eingestellt, ich glaube, sie werden wohl noch mindestens bis morgen bleiben."

„Können Sie die Besitzer beschreiben?"

Der alte Mann sieht ihn müde an. „Sie verlangen allerhand, junger Mann. Ich habe sie nur einmal gesehen, außerdem sehe ich mir meine Kunden nie genau an. Die kommen und gehen, wie soll ich mir die alle merken?"

„Okay, okay. Ich denke, ich habe sie gefunden und werde im Hotel nachsehen. Bye!" Stephen hebt die Hand zum Gruß und geht auf die Straße zurück.

Dort kommt ihm Burt bereits entgegen. „Hier könnten sie sein, es sind gestern drei Männer angekommen, auf die die Beschreibung passt."

„Mensch! Das wär' was! Im Stall stehen drei Pferde, die könnten zu ihnen gehören. Weißt du, in welchen Zimmern sie wohnen?"

„Das nicht."

„Gut, das kriegen wir raus, lass' mich mal versuchen." Stephen geht vor und betritt das Hotel. Hinter dem Tresen am Empfang steht der Portier und spricht mit einem Gast. Nach ein paar Minuten geht der Mann und Stephen tritt vor das Pult. „Guten Tag. Ich suche drei Freunde, die bei Ihnen übernachten."

„Vor ein paar Minuten hat schon jemand nach ihnen gefragt, gehören sie zusammen? Soll ich Ihren Bekannten eine Nachricht hinterlassen?"

„Danke, nein. Wir werden draußen auf sie warten."

„Wie Sie möchten." Der Angestellte des Hotels wendet sich mit unbewegtem Gesicht zu einem Gast des Hotels, der eben dazu gekommen ist.

Draußen auf dem Boardwalk spricht Stephen mit seinem jüngeren Kollegen. „Ich schlage vor, du gehst zu den Pferden, ich werde mich in der Eingangshalle des Hotels aufhalten. Ich will die Burschen auf keinen Fall verpassen."

Burt geht auf den Hof und betritt den Stall. Dort verwickelte er den Stallburschen in ein Gespräch, der Mann ist froh über die Unterbrechung des täglichen Einerlei.

Stephen sitzt im Eingangsraum des Hotels auf einem der Stühle am Fenster. So kann er auf den Boardwalk hinaussehen und hat außerdem den Tresen der Anmeldung im Blick. Es ist etwas Ruhe eingekehrt, die meisten Gäste sind entweder abgereist oder sind in der Stadt unterwegs. Er streckt seine Beine lang aus und sieht sich um. Der Mann an der Anmeldung blickt immer wieder zu ihm hin, Stephen nickt ihm höflich zu, damit gibt der sich zufrieden.

Da! Aus dem benachbarten Frühstücks- und Speisezimmer kommen drei Männer heraus! Es sind die, die sie suchen, unverkennbar. Zwei sich ähnlich sehende Männer, offenbar Brüder, sowie ein dritter, jüngerer Mann. Sie steigen die Treppe hinauf und verschwinden im Obergeschoss.

Sichtlich nervös wartet Stephen auf die Rückkehr der drei, er hat seine Beine angezogen und sitzt auf der Kante des Stuhls - bereit, jeden Moment aufzuspringen.

Eine Viertelstunde später kommen die drei Diebe die Treppe wieder herab, sie unterhalten sich und sind offenbar bester Laune. Der Jüngste von ihnen gibt ihre Schlüssel am Empfang ab, dann gehen alle drei auf die Straße hinaus. Sie machen keine Anstalten, ihre Pferde aus dem hoteleigenen Stall zu holen, sie stehen stattdessen unschlüssig vor der Tür und verschwinden schließlich in Richtung Stadtmitte.

Stephen lässt den Mann hinter dem Empfang nicht aus den Augen. Der nimmt die Schlüssel und hängt sie an die jeweils vorgesehenen Haken, ein kleines Schildchen mit einer Nummer ist unter jedem Haken befestigt. Stephen lässt seinen Blick keine Sekunde von den Händen des Mannes, die Nummern der Schlüssel hat er in sein Gedächtnis gegraben, die wird er nicht vergessen. Jetzt muss es schnell gehen, wer weiß, wie lange die Gauner fortbleiben. Er steht auf und geht eilig zum Stall hinüber. Sein Kumpel ist immer noch im Gespräch mit dem Stallburschen vertieft. „Hallo, Burt! Reiß dich los und komm mit! Wir haben zu tun!"

Sein Kollege verabschiedet sich von dem alten Mann, der greift nach einer Forke und beginnt, das alte Stroh aus den leeren Boxen zu entfernen.

„Was gibt es denn so Eiliges? Hast du die Strolche gefunden?"

„Ja! Die Gauner haben vor 'ner Minute das Hotel verlassen, allerbester Laune. Klar, die fühlen sich sicher und haben reichlich Geld. Aber das hat bald ein Ende: Ich kenne ihre Zimmernummern. Jetzt müssen wir das Geld finden."

„Wie willst du das anfangen?"

„Einer von uns muss den Mann hinter dem Tresen ablenken, damit der andere die Schlüssel unbemerkt nehmen kann."

„Klingt aber nicht einfach."

„Das weiß ich auch, vielleicht ergibt sich eine Gelegenheit, irgendwann muss der Mann an der Rezeption ja mal abgelöst werden, oder sonst was."

Burt und Stephen lungern im Empfangsraum herum. Der Rezeptionist blickt immer wieder zu ihnen hinüber. Schließlich verlässt er seinen Platz hinter dem Pult. „Kann ich Ihnen helfen, Gentleman?" Er ist etwas distanziert, offenbar geht er davon aus, dass die beiden abgerissenen Kerle potentielle Kunden vergraulen könnten.

„Äh, ja." Burt sieht seinen Kumpel an, dann fällt ihm etwas ein. „Mein Freund hier" er zeigt mit dem Kopf in Richtung Stephen, „überlegt, ob er bei Ihnen übernachten kann, stimmt doch, nicht wahr?"

Der Angesprochene blickt Burt entgeistert an. „Was will ich?" Dann begreift er. „Ja, ich! Klar! Hab gehört, hier kann man gut wohnen."

„Sag ich ja. Können Sie meinem Freund vielleicht ein Zimmer zeigen?" wendet er sich lächelnd an den Hotelangestellten.

Unentschlossen blickt der Mann sich um, im Moment ist jedoch kein anderer Gast in Sicht. „Gut, wenn Sie mir bitte folgen würden?"

Burt folgt dem Mann in den Flur im Erdgeschoss, Stephen bleibt zurück. Sobald er alleine ist, greift er nach den Schlüsseln, springt die Treppe rauf, sieht auf die Nummer am Schlüssel und läuft zu den passenden Türen. Er schließt sie auf und rennt sofort wieder die Treppe runter, laut poltern seine Stiefel auf den hölzernen Stufen. Gerade rechtzeitig ist er wieder zurück, er hängt die Schlüssel wieder an die zugehörigen Haken und setzt sich auf den Stuhl am Fenster. Er muss sich Mühe geben, sein heftiges Atmen zu unterdrücken.

Sein Freund kommt gerade mit dem Portier zurück. Er bedankt sich überschwänglich. „Vielen Dank für ihre Hilfe. Ich muss noch einige Dinge in der Stadt erledigen, dann melde ich mich wieder." Er wirft seinem Kumpel einen fragenden Blick zu, Stephen nickt unmerklich.

Sekunden später stehen sie wieder auf dem hölzernen Boardwalk. Gerade fährt die Postkutsche an ihnen vorbei. Die vier Gäule sind klatschnass, gnadenlos treibt sie der Kutscher vorbei. Die Räder poltern, das Geschirr klappert, die Achsen ächzen. Eine Wolke gelben Staubes wird aufgewirbelt und bleibt noch eine Weile in der Luft hängen.

„Alles klar?", fragt der jüngere seinen Kumpel.

„Ja", antwortet der leise. „Die Türen sind aufgeschlossen, jetzt müssen wir versuchen, unbemerkt in das Hotel zu gelangen."

Sie gehen beide durch die Toreinfahrt auf den Hof, wo sich der Stall befindet. Ihre Blicke suchen die Rückseite des Hotels nach einer Öffnung, wie einem offenen Fenster, ab.

Die Küche des Hotels hat eine Tür, die direkt auf den Hof führt, gerade wird sie geöffnet und Abfälle aus einem Eimer in eine Ecke geschüttet, wo schon einiger Unrat liegt. Burt und Stephen blicken sich an: Das ist die Gelegenheit! Der ältere geht voraus, eine kurze Treppe hinauf, dann stehen sie in der Küche. Ein großer, holzbefeuerter Herd steht dort, der Schornstein ist gemauert und in die ebenfalls gemauerte Außenwand eingepasst. Auf dem Herd steht ein großer Topf, davor steht ein Chinese und rührt in einer undefinierbaren Suppe. Er dreht sich um, als er die beiden Männer bemerkt. Doch zu mehr kommt er nicht, die beiden verlassen die Küche ebenso schnell, wie sie sie betreten haben. Zwei Schritte weiter sind sie an der Treppe, leise schleichen sie hinauf, damit sie der Mann an der Rezeption nicht hört.

Stephen geht voraus. „Schnell jetzt, wer weiß, wieviel Zeit wir haben."

Die Zimmer sind schnell durchsucht, außer dem Bett stehen nur eine Kommode und ein kleiner Schrank darin. „Meinst du, dass sie das Geld bei sich haben?", fragt Burt den Älteren.

„Glaub' ich nicht. Nachdem, was wir wissen, soll es ein ganzer Haufen sein. Bei den Pferden ist das Geld auch nicht." Er zuckt mit den Schultern. „Lass uns alle Zimmer noch einmal genau untersuchen, vielleicht fällt uns etwas auf."

Es bleibt dabei, die Zimmer sind übersichtlich eingerichtet. Die Betten mit der Matratze sind schnell durchsucht. Bei den Schränken ist es noch einfacher, die sind praktisch leer. Sie stehen in dem Zimmer von Sam Bishop und blicken sich missmutig um, inzwischen sehen sie ihre tolle Idee den Bach runtergehen. Burt mustert das Bett mit dem Baldachin. „Was ist das eigentlich für ein bescheuertes Bett?"

„Was weiß ich, das hat man manchmal, vor allem für Frauen, glaub ich." Dann wird plötzlich das Interesse von Stephen geweckt. „Da oben haben wir noch nicht nachgesehen. Los! Hol mal den Hocker!", er zeigt auf den Schemel, der neben der Kommode steht. Aufgeregt nimmt er ihn Burt aus der Hand, stellt ihn vor das Bett und steigt darauf. Er reckt sich, um besser auf das Stoffdach sehen zu können. „Da! Da hinten liegt etwas! Ich brauche einen Besen, oder so etwas."

Burt sieht sich im Zimmer um, jedoch ohne Erfolg. Er läuft auf den Flur, dort findet er, was er sucht: In einer Kammer ist Bettwäsche gestapelt, ein Eimer und ein Besen stehen dabei. Er nimmt den Besen, läuft ins Zimmer zurück und drückt ihn seinem Kumpel in die Hand. Der stochert damit auf dem Baldachin herum, schließlich fällt der Sack mit einem dumpfen Laut zu Boden. Gierig stürzen sich die beiden auf das braune Bündel.

„Ja! Wir haben es!" Ihre Augen blitzen, als sie die vielen Scheine sehen. Stephen kommt zuerst zur Besinnung: „Schnell! Die Räuber können jeden Moment zurückkommen!" Rasch sorgen sie für Ordnung, der Besen kommt in die Kammer zurück. Stephen hält den Sack wie einen Schatz an seine Brust gepresst, während sie leise die Treppe hinunter schleichen. In der Küche ist immer noch der Chinese, der sieht ihnen mit offenem Mund hinterher, als sie durch die Tür auf den Hof springen.

Auf der Straße angekommen, mäßigen sie ihren Schritt, nicht, dass in letzter Sekunde noch jemand auf sie aufmerksam wird. Sie gehen zu ihren Pferden, der Ältere befestigt den Geldsack hinter dessen Sattel.

Burt mustert ihre abgekämpften Tiere. „Weißt du, Stephen, unsere Gäule sind doch ziemlich fertig. Was hältst du davon, wenn wir die tauschen würden?"

Sein Kumpel mustert sie ebenfalls nachdenklich. Die Tiere sind zu Schanden geritten, die langen, schnellen Strecken der letzten Tage sind nicht spurlos an ihnen vorübergegangen. „Das könnte mir gefallen, hast du schon bestimmte Pferde im Auge?"

„Ja, und zwar die von den Bankräubern, die im Stall des Hotels stehen."

In den Augen von Stephen leuchtet es auf. „Gute Idee, dann haben die mit unseren erschöpften Mähren noch mehr Mühe uns zu folgen, jetzt aber rasch!" Er zögert einen Moment. „Wie willst du die da rausholen?"

Burt grinst. „Lass mich nur machen, ich habe da eine Idee." Er wendet sich zum Hotel, vor dem sie immer noch stehen. „Ich muss nur etwas besorgen, bin in einer Minute wieder da!"

Bevor Stephen etwas sagen kann, verschwindet er durch die Tür zum Empfangsraum. Der Rezeptionist blickt ihn ungehalten an. „Sie schon wieder? Haben Sie sich das mit dem Zimmer überlegt?"

„Nein, das werden wir erst heute Abend genau wissen. Haben Sie ein Stück Papier und einen Stift für mich?"

Der Mann greift in die Schublade seines Tresens und holt einen Zettel hervor, dann gibt er ihm seinen Füller. „Hier bitte. Nicht so fest drücken, die Feder ist sehr empfindlich."

Burt überlegt einen Moment und bringt dann zwei Sätze zu Papier. „Bitte schön, der Füller. Wir werden uns heute noch bei Ihnen melden. Goodbye!"

Er eilt mit dem Zettel nach draußen, um dann ihre beiden Pferde zum Stall hinter dem Hotel zu führen.

„Und?", fragt Stephen seinen Kollegen.

„Einen Moment, gleich werden wir wissen, ob es klappt." Er begrüßt den Stallburschen überschwänglich und hält ihm seinen Zettel unter die Nase. „Howdy, Timothy. Wir haben Geld für zwei Pferde bezahlt und dürfen die jetzt gegen unsere tauschen." Er gibt den Zettel dem Burschen, der ihn in die Außentasche an seinem Kittel steckt. „Vielen Dank, dass du sie so sorgfältig gepflegt hast. Zum Dank erhältst du einen Dollar extra."

Der alte Mann strahlt vor Freude und enthüllt dabei die Lücken im Gebiss. Stephen führt zwei der drei Pferde aus den Boxen heraus und stellt mit Burts Hilfe ihre eigenen dafür ein. Die Sättel der Eigentümer werden auf die beiden Pferde geschnallt, dann sind sie fertig. Sie winken dem Knecht zu, der hebt seinen Arm zum Gruß.

Burt und Stephen steigen auf und reiten auf die Hauptstraße hinaus. „Sag mal, Burt, was ist, wenn der Kerl die Nachricht liest?"

Sein Kollege grinst breit. „Der alte Timothy kann weder lesen noch schreiben. Außerdem steht nur Blödsinn auf dem Zettel." Lachend reiten sie aus der Stadt hinaus.

US-Marschall Roy Degesero ist am Morgen im Büro des Marschalls von Denver. Es kostet ihn einige Überredungskunst, den bärbeißigen Kerl zur Mithilfe zu bewegen. Schließlich stellt der ihm seine beiden Deputys zur Seite. „Aber nur für heute, ich brauche meine Leute selbst!", klingt Roy noch im Ohr. Er hat für die zwei Männer Notizen auf zwei Zettel geschrieben und ein paar Punkte genauer erklärt. Marshal Degesero kennt die Diebe nicht persönlich, sondern nur von Steckbriefen und der Erzählungen von Weggenossen der drei Bankräuber. Die beiden Deputys haben genickt, die Notizen an sich genommen und sich auf den Weg gemacht. Der US-Marschall will sich auf die Main-Street konzentrieren, seine beiden Gehilfen sind bereits in den Nebenstraßen verschwunden.

Nun steht Roy am nördlichen Ende der Hauptstraße, eine Seite hat er ohne Ergebnis abgeklappert, nun will er auf der anderen Seite zurückreiten. ‚Was für ein Mist‘, denkt er, ‚nun bin ich seit eineinhalb Wochen unterwegs, und es sieht verdammt so aus, als wenn alles vergebens ist.‘ Er blickt die Landstraße entlang in die Ferne, kleine Hügel begleiteten den Fluss, den South Platte River. Er wendet sein Pferd und reitet im Trab nachdenklich in die Stadt zurück. Gleich das zweite Haus ist ein Pferdestall. Er steigt ab und tritt durch die Tür. Ein Gestank von Pferdemist wehte ihm entgegen, er nimmt es kaum wahr, das gehört zum Alltag. Doch er muss auch hier ergebnislos umkehren, in den Boxen stehen vier Pferde, die mit denen auf seiner Liste kaum Ähnlichkeit haben. Er bedankt sich bei dem Stallburschen und verlässt den Livery Stable.

Er wendet sich Richtung Stadtmitte, als ihm zwei Reiter eilig entgegenkommen. Als sie an ihm vorbeitraben, mustert er beiläufig ihre Reittiere. Es sind ein auffälliger Apfelschimmel sowie ein fast schwarzer Hengst mit ein paar hellen Flecken. Verdammt! Das sind doch genau zwei der drei Pferde, die er sucht. Er gibt seinem Pferd die Sporen, rasch holt er die beiden ein. „Hallo, warten Sie!", ruft er den Männern zu. Eine Hand hält den Zügel, mit der anderen zieht er die Winchester aus dem Futteral am Sattel.

Die Männer drehen sich um und blicken den großen Mann auf dem schwarzen Pferd an. „Wer sind Sie und was wollen Sie?"

Roy Degesero stellt sich vor. „Ich bin Marschall der Vereinigten Staaten. Ich bin auf der Suche nach drei Bankräubern." Seine Stimme wird ein wenig schärfer und lauter. „Ich glaube, ich habe sie gefunden. Jedenfalls zwei von ihnen." Es scheint ihm, als wenn er die Brüder Rodney und Samuel Bishop gestellt hat. Sie haben sich anscheinend von ihrem dritten Mitglied, dem Postkutschenräuber Desmond Gould, getrennt. Vielleicht liegt der mit einem Loch im Kopf im Arkansas River. Das ist für ihn nicht entscheidend, sein Hauptauftrag ist, das gestohlene Geld wiederzubeschaffen. „Hände hoch! Wird's bald?" Er hebt die Mündung seines Repetiergewehres noch ein wenig höher.

Burt und Stephen sehen sich verblüfft an. Wie kann es sein, dass man jetzt schon hinter ihnen her ist? Sie haben das Geld doch erst seit zehn Minuten! Sie blicken sich an – zwei Seelen, ein Gedanke: Sie stoßen ihren Pferden die Sporen in den Leib, dass die erschrocken ihre Hufe in den weichen Sand schlagen und fluchtartig die Entfernung zu diesem unangenehmen Gesetzeshüter vergrößern.

„Halt oder ich schieße!", ruft der US-Marschall und legt das Gewehr an. Der erste Schuss kracht, Burt fällt vom Pferd, das ohne Reiter noch 50 Yards weiter galoppiert und dann zur Ruhe kommt.

Stephen hat den Geldsack hinter seinem Sattel, er sporn den starken Rappen zu einem noch höheren Tempo an. Ein weiterer Schuss kracht, er hört eine Kugel an einem Ohr vorbeifliegen. Da tritt sein Pferd in ein Loch, es überschlägt sich und stürzt. Stephen gelingt es gerade noch, seine Stiefel aus den Steigbügeln zu ziehen. Er landet neben seinem Pferd im Sand, hoch fliegt der Staub und hüllt ihn und den Gaul für einen Moment ein. Ein heftiger Schmerz jagt durch seinen Körper, es scheint jedoch nichts gebrochen zu sein. Er stößt einen Fluch aus und zieht den Revolver aus dem Holster. Er kriecht zur Deckung hinter sein Pferd. Das wird sowieso sterben, an einem gebrochenen Bein oder an einer Kugel - was soll's.

Der Marschall ist von seinem Pferd gesprungen und hat in einer Mulde eine schwache Deckung gefunden. Sein Kontrahent ist etwa 50 Schritte entfernt, der hat nur einen Revolver und ist damit seinem Gewehr unterlegen. Roy Degesero zielt und schießt. Dieser Schuss ging zu hoch, auch hat er die Waffe nicht ruhig genug gehalten. Er zielt erneut und bemüht sich um mehr Ruhe. Da kracht der Revolver des Gauners hinter dem Pferd, sofort fühlt er einen heißen Schmerz in seiner linken Schulter. Ein Glückstreffer des Diebes hat ihn verwundet, warmes Blut rinnt an seiner Brust hinab. Er korrigiert mit letzter Kraft die Stellung der Waffe und schießt erneut.

Dieses Mal zielt er tödlich, die Kugel trifft genau die Mitte der Stirn.

Der Schusswechsel ist nicht unbemerkt geblieben, zwei Reiter, Kunden des nahegelegenen Sattlers, reiten heran und sehen sich die Bescherung an. Zwei Männer sind tot, denen können sie nicht mehr helfen. Der Mann mit dem Abzeichen eines US-Marschalls lebt, ist aber verletzt. Mit ihrer Hilfe kann er aufstehen und wird mit vereinten Kräften in seinen Sattel gesetzt. Mit schwacher Stimme bedankt er sich bei den Helfern, doch er hat noch einen Wunsch. „Hinter dem Sattel des Pferdes mit dem gebrochenen Bein ist ein brauner Sack angebunden, würden Sie mir den bitte bringen?"

Anschließend reiten Degesero und die Männer in die Stadt zum nächsten Arzt. Der US-Marschall hat einen Steckschuss in der Schulter, der Doktor entfernt das Projektil. Anschließend muss der Gesetzeshüter ein paar Tage das Bett hüten, danach kann er mit dem Geld nach Dodge City aufbrechen. Die Bankräuber sind nicht mehr am Leben, der dritte ist entweder auch tot oder verschollen. Damit ist sein Auftrag erledigt, müde und abgekämpft streckt er sich aus und ist wenige Sekunden später eingeschlafen.

Rod und Sam Bishop, sowie Desmond Gould stromern in allerbester Laune durch die Stadt. In einem Gunshop hat Desmond sich eine neue Waffe gekauft und spielt jetzt damit herum. Es ist ein vernickelter Single Action Army von Colt, mit Griffschalen aus Elfenbein. Eine edle und teure Waffe, Geld spielt für die drei keine Rolle.

Zu Mittag speisen sie ausgiebig in einer der besseren Gaststätten und lassen sich erlesene Gerichte auftischen. „Was wir jetzt noch brauchen, ist neue Kleidung, nicht wahr, Rod?", Sam ist gut gelaunt. Selbst sein an diesem Morgen noch so widerspenstiger Bruder ist sichtlich entspannt. Desmond nickt nur, er spielt wieder mit seinem neuen Revolver und freut sich an dem Blinken des Nickelüberzuges.

„Eigentlich müsstest du aus der Stadt reiten, um ein paar Probeschüsse abzugeben", bemerkt Sam.

Desmond visiert über Kimme und Korn. „Ja, das könnte mir gefallen, vielleicht morgen. Heute will ich mir noch neue Stiefel kaufen."

Stiefel sind das Schmuckstück und der Stolz eines jeden Reiters. So landen die drei in einem der General

Stores, die vom Doseneintopf bis zur Mistgabel alles führen. Die Auswahl ist nicht üppig, aber immerhin vorhanden, sodass sie eine Stunde später das Geschäft verlassen, jeder mit einem Paar apart bestickter Reitstiefel.

Nach dem Abendessen betreten sie einen der zahllosen Kneipen. Diese heißt »Stockyard Saloon«, und unterscheidet sich kaum von den vielen anderen. Der Schankraum ist voller Menschen, es gibt sechs Tische, an denen jeweils vier bis fünf Männer sitzen. Die Theke ist etwa 20 Schritt lang. Da die Bar noch am meisten Platz bietet, setzten die drei sich auf die Hocker und stellen ihre neuen Stiefel an der Stange am Boden auf.

„Ich möchte zuerst einen Whisky. Wer ist dabei? Ich lade euch ein!“, verkündet Desmond.

„Wie ist es mit mir? Ich möchte auch einen Whisky“, meldet sich der Fremde neben Desmond. Der sieht seinen Nachbarn erstaunt an, dann ruft er so laut er kann. „Eine Runde für alle!“

Die Einladung findet begeisterten Zuspruch, alle rufen durcheinander, einige kommen an die Bar und klopfen Desmond auf die Schulter. Der Gast neben ihm stößt mit ihm an. „Ein dreifaches Hoch dem edlen Spender!“ Sie heben ihre Gläser und prosten sich zu. Die drei erfahren, dass ihr Thekennachbar Thomas Bancroft heißt. Er ist Mitte vierzig, sein Gesicht ist vom Haupthaar und Bart fast völlig verdeckt. Blaue Augen strahlen zwischen den dunkelblonden Haaren hervor und lassen einen fröhlichen und gutmütigen Menschen erahnen.

„Was treibt ihr hier in Denver?“, fragt er seine Nachbarn. Doch diese Frage kommt offenbar ungelegen, niemand antwortet. Stattdessen werfen Sam und Rod Desmond fragende Blicke zu. Der reagiert vage. „Wir sind auf der Durchreise!“ Er mustert seinen Trinkkumpan. „Und du, was führt dich hierher?“

Thomas – Tom – erzählt, dass er vor etwa zehn Jahren am South Platte River mit tausenden anderen nach Gold gesucht hat. Das Wenige, das er gefunden hat, war jedoch schneller aufgebraucht, als es gefunden worden war.

„Das mit dem Gold ist doch schon lange vorbei, was machst du jetzt?"

„Ich verdiene mir mein Essen durch Gelegenheitsarbeiten. Irgendwas findet man hier immer, der Ort ist groß."

„Das schon, aber hier leben viele Menschen, die mit dir um die Arbeit konkurrieren, oder?"

„Das stimmt. Im Moment sieht es nicht gut aus, ich bin darauf angewiesen, dass man mir etwas spendiert." Er lacht und hebt sein Glas. „Vielen Dank für den Whisky!"

„Komm doch mit uns, wir wollen morgen weiterziehen. Hier hält dich doch nichts, oder?"

„Nein, ich kann jederzeit gehen."

Rod bekommt das Gespräch mit. „Desmond!", zischt er, „dräng den Mann doch nicht!" Er zieht ihn beiseite und redet leise auf ihn ein: „Bist du noch zu retten? Wir kennen den Mann doch gar nicht! Wenn der von dem Geld erfährt, kann alles Mögliche passieren!" Rod hat berechtigte Sorge, dass sie erkannt werden könnten. „Und wenn dein ‚Freund' sich die Belohnung verdienen will?"

Desmond schüttelt den Kopf. „Mein Eindruck ist, dass er zu uns passt. Vertrau' einfach meiner Menschenkenntnis."

„Du und Menschenkenntnis! Wer hat sich denn mit Kollegen eingelassen, die ihn am Ende im Stich gelassen haben?"

Desmond lächelt schwach. „Ich bin auch nicht allwissend, aber bei unserem Kollegen hier", er zeigt mit dem Kinn auf den Neuzugang, „habe ich ein gutes Gefühl."

„Auf deine Verantwortung. Ich werde diesem Kerl trotzdem selbst auf den Zahn fühlen." Rod erhebt sich, nimmt sein Glas und setzte sich auf den freien Hocker an Toms rechte Seite. „So erzähl mal, wie war das mit dem Gold damals? Offenbar gehörst du zu den vielen, die davon nicht reich geworden sind."

Tom nickt zustimmend. „Du hast recht - wie so viele andere, die mir von vornherein davon abgeraten haben." Er sieht düster in sein Glas. „Es reichte gerade, um nicht zu verhungern. Die einzigen Gewinner der Goldfunde waren die Händler, ich musste ein sündhaftes Geld alleine für Lebensmittel ausgeben."

Rod klopft ihm zustimmend auf die Schulter. „Ja, damals sind viele darauf reingefallen und nur wenige reich geworden. Hast du dir schon mal überlegt, wovon du in Zukunft leben willst? Wie ich eben gehört habe, bist du Mitte 40, wie lange willst du dich noch als Hilfsarbeiter verdingen?"

Tom zuckt mit den Schultern, er blickt nachdenklich auf den kleinen Rest Whisky in seinem Glas und trinkt es mit einem Schluck aus. „Gute Frage. Ich muss wohl so weitermachen, wie bisher. Zu mehr als zum Handlanger tauge ich nicht."

Desmond klopft ihm auf den Rücken. „Du musst das nicht so pessimistisch sehen, sei froh, dass du lebst!"

Rod erhebt sich unsicher, er torkelt bereits ein wenig. „Bis gleich, Freude, ich muss mal", er verschwindet im Gewühl der Gäste.

Die Toilette ist ein simples Plumps-Klo am hinteren Ende des Hauses. Unterhalb der Sitzgelegenheiten sind Gruben in den Boden gegraben worden, die jedoch selten geleert werden - wenn überhaupt. So laufen die Fäkalien über und sickern hinter den Saloon, was schlimm genug ist, oder sie laufen unter den Bretterboden des Schankraumes. Dann ist das Theater groß, mehrere Helfer müssen dann einen Graben weit nach hinten ausheben, damit die Bescherung abgeleitet wird.

Rod ist froh, das stinkende Etablissement wieder verlassen zu können, der verräucherte Schankraum mit seinem Lärm und Sammelsurium aus verschiedensten Gerüchen ist ihm tausendmal lieber. Nachdem er sich bis zur Theke durchgekämpft hat, muss er feststellen, dass sein Platz besetzt ist. Ein Hüne von einem Cowboy hat sich in die Lücke gedrängt, die er eben noch belegt hat. Er klopfte ihm auf den Arm. „Ey, Mister. Sie stehen an meinem Platz." Der reagiert gar nicht, Rod klopft noch etwas kräftiger. „Hallo! Das ist mein Platz!"

Der große Fremde mit dem schwarzen Hut dreht sich zu ihm um, wie man sich zu einem kleinen Hund umdreht, der an der Hose zerrt. „Was ist los? Bist du lebensmüde?"

Rod wird langsam wütend. „Eben habe ich hier noch gestanden, Sie haben mir meinen Platz weggenommen!"

Den Fremden beeindruckt das nicht, er dreht nur kurz den Kopf nach hinten. „Spinnst du? Jetzt ist es mein Platz!" Damit ist für ihn die Sache erledigt.

Rod schäumt vor Wut. Er zieht seine Waffe aus dem Holster und drückte sie dem Kerl in den Rücken. „Verzieh dich, oder ich blase dich weg!"

Doch der Cowboy ist die Ruhe selbst, der Revolver beeindruckt ihn nicht sonderlich. Er dreht seinen Kopf halb nach hinten. „Du willst jemanden umlegen, weil du deinen Platz an der Theke wiederhaben willst? Das kann doch wohl nicht dein Ernst sein!"

Jetzt löst sich ihr neuer Bekannter, Thomas Bancroft von der Theke. „Lass den Kerl, Rod. Der ist keine Kugel wert. Mach es lieber so." Er greift blitzschnell in den Ausschnitt seines Hemdes und fördert ein langes Messer hervor. Der große Fremde hat kurz gezuckt und blickt jetzt auf das blanke Messer, das im Licht der Petroleumlampen funkelt und dessen Spitze von Tom nun ganz sacht in den Stoff seines Hemdes gedrückt wird.

Der Mann stellt sein Glas mit einem heftigen Stoß auf die Theke und dreht sich um. „Was ist das hier für eine hässliche Nachbarschaft? Einer ist übler als der andere!" Ohne ein weiteres Wort gibt er den Platz frei und stiefelt zu den Tischen im Hintergrund.

„Vielen Dank, Tom. Du hast etwas gut bei mir."

Der winkt ab und rückt beiseite, sodass sich Rod wieder an die Theke stellen kann. Der Rest des Abends verläuft ungestört. Es ist nach Mitternacht, als die vier Kumpel auf die Straße treten.

„Schlaft gut!", ruft Tom den drei anderen zu. „Sehen wir uns wieder?"

„Klar doch. Wo schläfst du denn?"

„Ich arbeite am Tag im Livery Stable in der York-Straße, dort schlafe ich nachts im Stroh."

„Okay, wir finden dich. Bis morgen!"

Der Weg zum Hotel kommt den dreien dieses Mal besonders lang vor. Die Straßenlaternen sind gelöscht worden, es herrscht fast völlige Dunkelheit. Erschwerend kommt hinzu, dass die drei stockbesoffen sind. In ihren Zimmern sinken sie – so wie sie sind - ins Bett und schlafen auf der Stelle ein.

Am nächsten Morgen hämmert Sam mit der Faust an die Tür des Zimmers, in dem sein Bruder schläft. „Rod! Wach auf! Das Geld ist weg!"

Der letzte Teil des Satzes lässt Rod blitzartig aufwachen. Er sitzt auf der Bettkante und zieht sich die Stiefel an. Nur mit Hose und Unterhemd bekleidet stürmt er an das Ende des Ganges, wo sich das Zimmer von Sam befindet.

„Der zeigt mit der Hand nach oben, zum Baldachin. „Ich wollte eben mal nachgucken – und da ist da nichts. Wie kann das sein, Rod?", seine Stimme gleitet ins Weinerliche ab.

Der zieht den Hocker unter dem kleinen Tisch hervor, steigt hinauf und blickt auf den Baldachin. Gähnende Leere! Obwohl es im Zimmer fast dunkel ist, sollte man den Sack erkennen können, außer ein paar Spinnweben ist dort absolut nichts.

„Rod! Sag doch was! Was machen wir denn jetzt?"

Rod ist verstummt. Mit grimmigem Gesicht schüttelt er den Baldachin, für den Fall, dass ihr Geldsack in eine Falte des Stoffes gerutscht ist. Außer einer Wolke Staub fördert er nichts zu Tage.

Desmond betritt das Zimmer, der Lärm hat ihn geweckt. Er knöpft sich das Hemd zu. „Was macht ihr denn für einen Krach?"

„Unser Geld ist weg!", ruft Sam.

Rod ist immer noch schweigsam. Sein Erschrecken ist einem Zorn gewichen, der sich jetzt gegen seinen Bruder richtet. „War das Geld gestern Abend noch da, als wir zurückgekommen sind?", fährt er seinen Bruder an.

„Der zuckt mit den Schultern. „Weiß ich nicht, ich hab' nicht nachgesehen, ich war froh, dass ich im Bett war."

„Du bist ein Idiot! Mal kurz nachgucken, das wäre ja wohl nicht so schwer gewesen!"

„Was hätten wir denn gemacht, wenn ich es gesehen hätte? Keiner von uns wäre in der Lage gewesen, etwas zu unternehmen, du auch nicht! Es hätte also nichts genützt", mault Sam.

„Hätte, hätte! Du hättest besser aufpassen müssen. Jetzt ist es weg!"

„Schimpfen nützt jetzt auch nichts. Wir sollten lieber überlegen, was wir jetzt machen", Desmond ist gefasster als die Brüder.

Rod ist außer sich, sein Zorn richtet sich jetzt gegen jeden. „Wieso bist du so ruhig? Hast du das Geld etwa selbst an dich genommen?"

„Jetzt spinn mal nicht rum! Du kannst ja mein Zimmer durchsuchen, wenn du dich dann wohler fühlst!" Desmond legt die Hand auf den Kolben des Revolvers, denn Rod scheint gleich durchzudrehen. Der verfolgt Desmonds Hand mit seinem Blick und poltert los. „Du kannst von Glück reden, dass ich meine Waffe noch nicht umgeschnallt habe, sonst würdest du ganz anders aussehen!"

„Ach, red nicht so einen Unfug, was machen wir jetzt?", wiederholt Desmond. „Wieviel Geld habt ihr noch?"

Es stellt sich heraus, dass alle zusammen noch 250 Dollar haben. Am wenigsten hat Desmond, seine beiden Huren haben sich als ziemlich teuer herausgestellt. Vielleicht hat ihm eine auch Geld gestohlen, als er nicht mehr ganz nüchtern war.

„Gut, damit kommen wir eine Weile aus. Wir müssen jetzt überlegen, wie wir wieder zu Geld kommen." Desmond sieht seine Kollegen an.

Rod ist stocksauer, kräftig tritt er gegen das Bett. „So eine Scheiße! Verdammt, verdammt, verdammt! So viel Geld werden wir nie wieder besitzen!"

„Könnten wir nicht unseren Bruder Geoffrey besuchen, der wohnt doch irgendwo nördlich von hier?", fragt Sam seinen Bruder. „Jetzt ist es doch egal, was wir machen, bei dem könnten wir eine Weile wohnen."

„Geoffrey? Den habe ich Jahre nicht gesehen, wer weiß, was der jetzt macht. Zuletzt wohnte er in der Umgebung von Gillette, er hatte dort ein Mädchen gefunden und ist da hängen geblieben."

Desmond mischt sich ein. „Gillette? Das liegt doch in Wyoming."

„Warum, was spielt das für eine Rolle?", will Rod wissen.

„Da ist doch wieder eine Staatsgrenze, nämlich die zwischen Colorado und Wyoming. Wir suchen uns eine Bank oder eine nette Postkutsche, nehmen das Geld und verschwinden über die Grenze. Das hat doch schon mal gut geklappt."

Die drei Kumpel begleichen die Übernachtungskosten bei dem Portier. Jetzt verfluchen sie, dass sie sich so ein teures Hotel ausgesucht haben. Was soll's, zähneknirschend bezahlen sie für die beiden Nächte.

Im Stall erwartet sie eine weitere Übernachtung. „Wo ist mein Pferd?", ruft Desmond, im gleichen Moment stößt Sam einen Schreckensruf aus. „Mein Gaul fehlt auch!"

Rod ruft den Stallburschen zu sich. „Sag, mal, Timothy, wo sind unsere Pferde geblieben?"

Der sieht seine Kunden etwas überrascht an, holt den Zettel von Burt aus der Tasche seines grauen Kittels. „Hier bitte! Ich nehme an, dass es so abgemacht war."

Rod sieht zornbebend auf den Zettel und reicht ihn an Sam weiter. „Hier, sieh dir das mal an. Wenn ich den in die Finger bekomme!"

Sam liest den kurzen Text, eine steile Falte des Zorns entsteht auf seiner Stirn.

Vielen Dank für die Pferde. Billy the Kid.

Er wendet sich an den Stallburschen, der jetzt im Tor steht und eine Zigarette raucht. „Wie haben die Diebe unserer Pferde ausgesehen?"

Nach und nach gelingt es ihm, dem Mann einige Informationen zu entlocken. Es waren zwei Männer: Der jüngere hat eine mittlere Größe und eine stämmige Figur, er ist vielleicht Ende 20, der andere mag etwa Mitte 30 gewesen sein, er hat einen schwarzen, kurzgeschnittenen Bart, er ist groß und schlank.

„Warum sind Sie denn so ärgerlich, sie haben Ihnen doch Ihre Pferde hiergelassen?"

„Blödmann! Unsere schönen Sättel haben sie auch mitgenommen. Mit den Pferden ist auch nicht viel los, das sind heruntergekommene Klepper!"

Bankraub in Fort Collins

Schlecht gelaunt reiten sie durch Denver und fragen sich zur York Straße durch. Tom staunt nicht schlecht, als sie unerwartet bei ihm auftauchten. „Ich habe eigentlich nicht mehr mit euch gerechnet. Soll es jetzt losgehen?"

„Ja, du kannst mitkommen, wenn du möchtest. Im Moment könnte uns deine Ortskenntnis eine große Hilfe sein."

„Gerne, was wollt ihr wissen?"

„Zwei von unseren Pferden sind gestohlen worden." Das fehlende Geld will Sam besser nicht erwähnen. Dass sie sich von Diebstählen über Wasser halten wollen, soll ihr neuer Kumpel nur nach und nach erfahren. Er gibt ihm die Beschreibung durch, die er vom Stallburschen des Metropole Hotels erfahren hat.

Tom kratzt sich am Kopf. „Es könnte sein, dass es die beiden Männer sind, die gestern von einem Bundes-Marschall erschossen worden sind."

„Erschossen?? Was ist da passiert?"

„Na, ja. Das ging gestern Abend wie ein Lauffeuer durch die Stadt. Ihr seid keine Einheimischen, ihr hättet das sonst sicher auch erfahren." Er dreht sich eine neue Zigarette und zündet sie an. „Gestern sind zwei Männer von einem US-Marschall erschossen worden. Es heißt, dass er hinter dem Geld her ist, dass die gestohlen haben.

Ein dritter wird noch vermisst, vielleicht ist der bereits tot."

Sam kratzt sich erschrocken am Hals. Was wäre ihnen wohl passiert, wenn der Marschall nicht die Diebe ihres Geldes erschossen hätte, sondern sie gleich aufgespürt hätte?

„Sie sind erschossen worden?", hakt Desmond nach.

„Ja. Sie sollen beide auf der Stelle tot gewesen sein. Der Marschall hat ein Winchester-Gewehr, die beiden Männer offenbar nur ihren Revolver. Da war der klar im Vorteil."

„Genug von der Geschichte. Ich denke, wir sollten die Stadt bald verlassen, nachher kommt noch irgendjemand auf dumme Gedanken." Rod sieht Tom an. „Was ist, willst du noch mit uns kommen?"

„Klar doch. Es dauert nur eine Viertelstunde, dann habe ich gepackt und mein Pferd gesattelt." Er verschwindet im Halbdunkel des Stalles.

Die drei anderen stehen auf der Straße und diskutieren miteinander. „Sollten wir nicht versuchen, dem Marschall das Geld abzujagen?", Sam möchte nicht so schnell aufgeben.

„Spinnst du? Du hast doch gehört, was den anderen Dieben passiert ist. Wir müssten den Mann erschießen, um an unser Geld zu kommen. Das scheint mir bei dem ein ziemliches Risiko zu sein, außerdem ist der halbe Westen hinter uns her, wenn wir einen Bundesmarschall umlegen."

„Okay, okay. Du hast mal wieder recht."

Eine halbe Stunde später verlassen sie die Stadt. Der Weg führt sie exakt nach Norden. Er ist unbefestigt, tiefe Furchen der Postkutschen und der Wagen weisen ihnen den Weg. Nur wenige, flache Hügel unterbrechen die große Ebene, graues Gras wächst an der Böschung. In der

Ferne zeigen gelegentlich Bäume die Nähe eines Flusses an.

Die folgende Nacht verbringen sie im Freien, der einzige Schutz sind ihre Decken. Am Morgen knurrt ihnen der Magen, sodass Sam losgeschickt wird, irgendetwas Essbares zu schießen. Eine Dreiviertelstunde später kehrte er mit einem Kaninchen zurück.

„Konntest du nichts Größeres finden, ein Reh oder so etwas?", mault sein Bruder. Tom macht sich schon nützlich, in Windeseile hat er dem kleinen Tier das Fell abgezogen und die Innereien entfernt. Ein Feuer ist schnell entfacht, nun brät Meister Langohr an einem Holzstab.

„Morgen müssen wir uns entweder einen richtigen Braten besorgen, oder eine Gaststätte finden. Wir werden noch Hungers sterben", ist Rods Kommentar zu dem winzigen Happen Fleisch, das nach dem Teilen für ihn übriggeblieben ist.

„Sollten wir nicht Tom einweihen, wie wir uns Geld besorgen wollen?", fragt Desmond. Er ist der mit dem gesunden Menschenverstand.

Rod wischt sich seine Finger an der Hose ab. „Ja, mach das. Wenn ihm das nicht passt, kann er ja gehen."

„Okay", Desmond wendet sich an Tom. „Wir haben dir nicht alles erzählt. Uns sind nicht nur die Pferde gestohlen worden, sondern auch ein Sack mit Geld."

„Ein ganzer Sack? Mannomann, wie kommt ihr an sowas?"

„Das ist es, was ich dir sagen will. Das ist unser Geld, wir haben es in Dodge City aus der Bank gestohlen. Nun hat es allerdings der US-Marschall."

„Oha!" Tom staunt. „Und ist es einfach? Oder gefährlich?"

„Eigentlich nicht. Du musst es zügig durchziehen. Du musst verschwinden, bevor jemand bemerkt hat, was eigentlich passiert ist", antwortet Sam. „Auf uns ist beim letzten Mal nicht ein Schuss abgegeben worden."

Tom kratzte sich am Kopf. „Meint ihr, dass ich da auch mal mitmachen könnte?"

„Das könnte ich mir vorstellen. Du darfst keine Skrupel und auch keine Angst haben, denn dann klappt es nicht. Wir sollten dich beim nächsten Mal einbeziehen, dann wird es schon. Hast du eigentlich einen Revolver?", fragt jetzt Desmond.

„Ich, äh, nein. Ich habe nur mein Messer."

„Das ist blöde. Kannst du überhaupt mit einem Revolver umgehen?"

„Nein, ich bin bisher immer so zurechtgekommen."

„Hm, das müssen wir ändern. Du brauchst ihn nur zu halten, es genügt, wenn man annimmt, dass du schießen könntest." Desmond lacht und stubbst ihn auf den Arm.

„Könnte sein. Habt ihr denn noch einen Revolver für mich?"

„Du kannst meinen alten bekommen, den benutze ich sowieso nicht mehr."

„Klasse. Sollte ich vielleicht etwas damit üben?"

„Das scheint mir keine schlechte Idee zu sein. Sobald es menschenleer ist, kannst du ein paar Schuss abgeben."

Später legen sie eine Rast an einem Fluss ein. Die Pferde werden getränkt, die Männer ruhen sich im Schatten eines Baumes aus. Desmond nimmt Tom beiseite. „So, wir werden jetzt mit dem Revolver üben." Er drückt Tom seinen alten Revolver in die Hand. „Hier, den kannst du nehmen, ich trage die Munition."

Wenige Schritte weiter stellen sie sich so auf, dass sie eine kleine Senke hinunterschießen können. „Das ist gut so", erklärt Desmond. „Wenn du danebenschießt, bleibt die Kugel lediglich irgendwo im Boden stecken."

Tom versucht die Waffe nach Desmonds Anweisung zu halten. Er hebt sie zum Auge und visiert über Kimme und Korn.

„Wenn du viel übst, könntest du auch instinktiv aus der Hüfte schießen, das geht dann schneller."

„Ich weiß nicht. Ich will bloß ein paar Schüsse abgeben."

„Für die ersten Versuche sollten wir uns ein Ziel aussuchen. Ich werde ein paar Steine auf den Felsen da vor uns legen. Die solltest du versuchen, zu treffen." Er geht zu dem Felsbuckel, der etwa ein Yard hoch ist, und legt mehrere größere Steine, etwa in Kopfgröße, darauf. „So, jetzt versuch mal dein Glück!"

Tom schießt, er ist überrascht über den Rückschlag und den Lärm des Schusses direkt vor seiner Nase. Nach den ersten Versuchen gelingen ihm ein paar Treffer auf die etwa zehn Schritt entfernten Steine. Er lädt noch einmal nach und gibt noch so viele Schüsse ab, bis die Trommel leer ist.

„Siehst du, das ist doch gar nicht so schlecht. Du sollst nicht wirklich schießen, sondern nur drohen, dafür reicht das." Desmond ist zufrieden.

Der Ort, den sie am Abend erreichten, heißt Longmont, ein Nest mit 127 Einwohnern. Graue, kleine Gebäude aus Holz reihen sich auf beiden Seiten einer staubigen Straße. Es gibt zwei Geschäfte, einen General Store und eine Pferdewechselstation. In letzterer kann man auch essen, es gibt jedoch nur ein Gericht: Rindfleisch mit dicken Bohnen. Ausgehungert fallen sie über das Essen her, wichtig ist, dass es überhaupt etwas gibt, um ihren Hunger zu stillen.

„Sagen Sie, wie oft fährt die Postkutsche?", fragt Desmond den Wirt und Betreiber der Pferdewechselstation.

„Die fuhr früher einmal am Tag - wenn wir Glück hatten."

„Fuhr? Was soll das heißen?", fragt Rod erschrocken.

„Na, ja. Das ist schon über zehn Jahre her. Seitdem fahren Postkutschen auf dieser Straße nur auf Anforderung. Der Hauptbetrieb wird von der Denver-Pacific Railroad übernommen. Die fahren die 100 Meilen in vier Stunden, die Kutschen haben noch 16 Stunden benötigt."

„Was machen Sie hier denn noch?"

„Ab und zu kommt eine Kutsche. Die fahren nicht mehr die ganze Strecke, sondern fahren von den Bahnhöfen in die abgelegenen Orte. Ich muss zugeben, dass mein Geschäft sich eigentlich nicht mehr rentiert. Ich bin bereits Mitte 50, ich habe lediglich keine Lust, noch umzuziehen und mir etwas Neues aufzubauen."

Die vier Männer sehen sich verblüfft an. Jetzt müssen sie ihre Strategie zu Geld zu kommen, ändern.

Ihr Ziel für den nächsten Tag ist Loveland, es ist etwa 20 Meilen entfernt. Das ist für die Pferde gut zu schaffen, auch wenn diese etwas ausgemergelt sind.

Loveland ist ein Nest, genauso wie Longmont. Es gibt auch hier nur eine einzige Straße, die hier ebenso wie dort mit ein paar rasch zusammengezimmerten Häusern bebaut worden ist. Die Pferdewechselstation ist nur noch eine Gaststätte, in der sie etwas zu essen bekommen.

Die Männer binden ihre Pferde an und betreten die Wirtschaft, deren einziger Raum durch zwei kleine Fenster nur notdürftig erhellt wird. Die Küche ist gemauert und befindet sich hinten auf dem Hof. Die Auswahl an Essen ist hier, wie fast überall, nicht vorhanden. Es gibt Bohnengemüse mit geräuchertem Schinken. Zu trinken gibt es nur Wasser vom Brunnen auf dem Hof.

„Warum ist dieser Ort denn entstanden?", fragt Rod den Wirt. „Gibt es hier Silber?"

Der schüttelt den Kopf. „So weit wie ich das weiß, ist der Ort hier nur entstanden, um früher die Pferde für die Postkutsche wechseln zu können. Silber oder Gold hat es hier nie gegeben."

Schweigend essen die drei das leidlich schmackhafte Mal.

Als sie sich vom Tisch erheben, meldet sich der Wirt. „Wollen Sie hier übernachten?"

„Ja, wir werden uns einen Platz zum Schlafen suchen und uns dann aufs Ohr hauen", antwortet Sam.

„Das dachte ich mir. Ich habe leider keinen Übernachtungsbetrieb, Sie können aber gerne im Stall schlafen, dort stehen seit Jahren keine Pferde mehr. Dort ist es ruhig und trocken."

In dem genannten Stall ist eine Kutsche ohne Räder aufgebockt, sonst ist es dort leer. Auf dem Boden liegt etwas Stroh, dort legen sie sich mit ihren Decken zum Schlafen hin.

„Was ist denn nun mit der Postkutsche? Das klappt nicht so, wie wir uns das gedacht haben", beschwert sich Rod.

„Wir könnten den Zug überfallen, das kommt mir allerdings schwierig vor. Eine Kutsche ist leichter anzuhalten als ein ganzer Zug", antwortet Desmond.

„Was ist mit Banken? Dann müssen wir eben wieder eine Bank ausrauben. Das hat doch in Dodge gut geklappt", schlug Sam vor.

Der neue Tag bricht an. In der Nacht hat es zu regnen begonnen, jetzt fällt noch ein dünner Nieselregen. Missmutig sieht Desmond zum Tor hinaus. Sie waschen sich an der Pumpe auf dem Hof, die Toilette ist ein Plumpsklo am Rand des Hofes. Schwärme von Fliegen belästigen die vier Männer während ihrer Notdurft. Zum Frühstück gibt es altbackenes Brot und Wurst, zum Trinken wieder nur

Wasser. Der Speiseraum ist so dunkel, dass sie nach dem Essen nach draußen flüchten.

Jeder erzählt Anekdoten aus seinem bisherigen Leben, sie langweilen sich und drehen sich von Zeit zu Zeit eine Zigarette.

„Was werden wir nun machen? Hat irgendeiner einen Vorschlag?", fragt Desmond seine Kollegen.

„Wir wollen doch zu unserem Bruder nach Gillette. Auf dem Weg dorthin werden wir sehen, ob es eine Bank gibt, die sich leicht ausrauben lässt", schlägt Sam vor.

„Ihr seid mutig. Ihr plant das so, wie sein Pferd zu satteln", staunt Tom. „Ich glaube, ich kann noch viel von euch lernen."

„Dann pass man gut auf", antwortet Desmond schmunzelnd. „Jetzt lasst uns endlich losreiten, sonst bleibt alles nur Gerede", drängelt er.

In Loveland gibt es keine Bank. Laut Angabe des Wirtes soll in Fort Collins eine sein. Die vier spekulieren während des Rittes über einen möglichen Überfall.

„Vielleicht ist die Bank gut bewacht, was machen wir dann?", sorgt sich Sam.

„Der Kassierer hat möglicherweise eine Waffe, mehr wird da nicht sein", spekuliert Rod.

„Wartet doch erst einmal ab, wir sind doch in einer guten Stunde in Fort Collins", dämpft Desmond die Phantasie seiner Kollegen.

Fort Collins ist ein kleiner Ort, das verwitterte Schild weist 217 Einwohner aus. Der Ort besteht aus einer Hauptstraße und einer Querstraße. Es gibt einen General Store, einen Saloon und eine klitzekleine Bank.

Die Vier reiten die Main Street entlang und sehen sich skeptisch um. „Sehr vertrauenerweckend sieht es hier nicht aus", nörgelt Rod.

„Ich schlage vor, wir besuchen als erstes den Saloon und hören uns mal um", schlägt Tom vor. Gesagt, getan. Der Grand Saloon ist weder besonders groß, noch hat er eine besondere Ausstattung, immerhin bekommt man Bier und Whisky. Der Schankraum ist fast leer, lediglich zwei Cowboys sind die einzigen Gäste.

„Howdy!", grüßen die vier Kumpel. Ebenso schallt es ihnen zurück, es klang etwas zurückhaltend. Neugierig werden sie von den anderen gemustert.

„Dürfen wir uns zu euch setzen?", fragt Tom.

Die beiden sehen sich kurz an und nicken. „Okay, aber nur, wenn ihr uns unterhalten könnt." Der ältere der beiden lacht und zeigt auf die leeren Plätze. „Für drei Mann sind Stühle da, der vierte muss sich noch einen vom Nachbartisch holen."

Zu dem Wirt ruft Rod hinüber: „Für uns vier Whisky!" Er mustert Tom und Desmond. „Ihr trinkt doch auch Whisky, oder?"

Die beiden nicken. Kurz darauf kommt der Barmann mit vier Gläsern, er hat eine Flasche mit der bernsteinfarbenen Flüssigkeit dabei und schenkt ihnen ein.

Ihre Nachbarn sehen sie erwartungsvoll an. „Wo kommt ihr her?", ist die erste Frage.

Sie sollten daraufhin nicht zu viel verraten. So antwortet Desmond nur lapidar: „"Wir haben uns in Denver zufällig getroffen, nun sind wir auf dem Weg nach Wyoming, Arbeit suchen."

„Wenn ihr was gefunden habt, sagt Bescheid. Das ist heutzutage nicht einfach", antwortet der ältere der beiden Gäste. Ein schwarzer Hut bedeckt wilde, braune Haare, die bis zur Schulter reichen.

Tom mustert ihn. „Sag mal, kennen wir uns nicht? Ich habe vor zehn Jahren am South Platte River nach Gold gesucht."

Ein Lächeln des Erkennens erhellt das Gesicht. „Tatsächlich, jetzt sehe ich es auch. Ich weiß nur deinen Namen nicht mehr. Ich hätte nie gedacht, dass wir uns mal wiedersehen würden.

Der ehemalige Goldsucher, er heißt William Bogart, klopft Tom auf die Schulter. „Erzähl, altes Haus, was hast du in der Zwischenzeit gemacht?"

Das Eis ist gebrochen, ab und zu wird Whisky nachgefüllt. Man redet über alles, über Gold, über Gauner und Frauen.

„Warum heißt dieser Ort Fort Collins? Gibt es hier ein Fort?", fragt Tom seinen wiedergefundenen Kollegen.

„Hier gab es mal eines, das existiert aber seit 15 Jahren nicht mehr. Jetzt gibt es nur noch ein paar mit Gras überwucherte Erdwälle."

Ganz vorsichtig werden auch Erkundigungen über die Bank eingeholt. „Wie kommt es, dass sich in so einem kleinen Ort eine Bank befindet? Hier gibt es doch noch nicht mal einen Sattler oder eine Schmiede."

„Tja, das kann ich auch nicht sagen. Die gehört dem Bürgermeister, glaube ich. Dessen Schwager arbeitet dort, der kostet ihn wohl nichts."

„Womit handeln die überhaupt? Könnte ich da Geld bekommen?", fragt Tom weiter.

„Keine Ahnung, da ist fast nie jemand drin."

Am nächsten Tag schlendern die vier Kumpel die Hauptstraße entlang. Sie gehen auf dem Boardwalk, laut hallen die Schritte ihrer Stiefel auf dem Holz. Gemächlich gehen sie auch an der Bank vorbei. Die Frontseite besteht aus einer Tür und einem Fenster daneben, insgesamt ist sie etwa fünf Schritte breit.

„Lasst uns einen Blick durch das Fenster werfen", schlug Desmond vor. Er tritt als erster davor und bemüht sich, unauffällig hinein zu sehen.

„Und? Kannst du was sehen?", will Rod wissen.

Desmond hebt die Hand. „Einen Moment noch." Er dreht sich einen Moment später zu seinen Kollegen. „Es ist ein langer, schmaler Raum. Am Ende ist ein Gitter, hinter dem ein Mann sitzt. Das ist wohl dieser Schwager vom Besitzer. Auf der rechten Seite sind noch zwei Räume, das scheinen Büros zu sein. Am besten ist es, wenn ihr auch noch kurz einen Blick hineinwerft."

Ein Plan wird erdacht, er ist unkompliziert. Tom wird draußen bei den Pferden bleiben, Rod soll den Kassierer bedrohen, Desmond soll das Geld einsammeln und Sam die Büros überwachen.

„Denkt an euer Halstuch, damit man euch nicht erkennt", schärft ihnen Desmond ein.

Der nächste Tag ist angebrochen. Die Sonne scheint auf die Ansammlung von Häusern und wirft harte Schatten auf die sandige Straße. Es sind nur wenige Menschen unterwegs, ein Karren, der von zwei Ochsen gezogen wird, poltert an ihnen vorbei.

Vor der Bank sehen sie sich kurz in die Augen. Bis auf Tom, der draußen aufpasst, binden sie sich ihr Halstuch vor die Nase. Rod macht den Anfang, er zieht seinen Revolver und stößt die Tür auf. In wenigen Schritten ist er beim Kassierer. Desmond folgte ihm und schiebt einen Beutel unter dem Gitter durch. „Geld her!", ruft er dem Angerstellten zu. Sein Bruder Sam stürmt hinter ihm in ein Büro, dann in das zweite.

Der Mann an der Kasse ist sichtbar bleich geworden. Er mag Mitte vierzig sein, sein Haar ist schütter, erste graue Strähnen sind zu erkennen.

„Hier ist keiner!", ruft Sam. Er stellt sich vor das Fenster und blickt nach draußen. Dort sitzt Tom auf seinem Gaul und hält die Zügel für die anderen drei Pferde. Noch hat niemand ihren Überfall bemerkt, die Straße ist fast leer, lediglich ein Indianer auf einem Pferd reitet mit gesenktem Kopf an der Bank vorbei.

Der Kassierer nimmt Geld aus der Schublade vor ihm und stopft es in den Beutel.

„Habt ihr einen Safe?", fragt Desmond und schiebt den Lauf seines blinkenden Revolvers zwischen die Gitterstäbe.

Der Kassierer ist nervös, seine wenigen Haare hängen ihm unordentlich in die Stirn, seine Bewegungen sind hektisch. „Da ist nichts. Wir sind nur eine kleine Bank!", stößt er atemlos hervor und steckt ein paar Bündel Scheine in den Beutel.

Nach wenigen Minuten laufen die drei auf die Straße. Rod, Sam und Desmond springen auf ihre Pferde, Desmond hält den Sack mit dem Geld. Die Gäule spüren die Sporen und rasen im schnellen Galopp davon.

Eine halbe Stunde später halten sie an einem kleinen Fluss. Die Pferde sind erschöpft und müssen etwas ausruhen.

„Lass doch mal sehen, wieviel Geld wir erbeutet haben", sagt Rod zu Desmond.

Der hockt sich in den Schatten einer Ponderosa Fichte und öffnet den Beutel. Er schüttet den Inhalt vor sich auf den Boden. Es sind vielleicht 50 Scheine und eine Handvoll Münzen. Die Scheine bestehen lediglich aus 5, 10 und 20 Dollarnoten, es sind insgesamt 850 Dollar.

„Das sind für jeden etwas über 200 Dollar", resümiert Desmond. „Das sind etwa acht Monatslöhne für jeden von uns."

„Das ist ja kümmerlich, ich habe mehr erhofft", mault Rod.

„Mehr kann man von einer kleinen Bank in diesem Nest nicht erwarten", tröstet ihn Desmond.

„Wir reiten doch immer noch zu Geoffrey?", sorgt sich Sam.

„Klar doch, abgemacht ist abgemacht."

Die Pferde haben sich ausreichend ausgeruht, bis zum Abend wollen sie die Grenze zu Wyoming erreicht haben. Sie packen ihre wenigen Habseligkeiten zusammen, sitzen auf und verlassen den einsamen Ort.

„Wann hast du zuletzt etwas von Geoffrey gehört?", fragt Sam seinen Bruder.

„Das letzte, was ich von ihm weiß, stammt aus einem Brief, den ich vor sieben Jahren erhalten habe."

„Sieben Jahre? Vielleicht wohnt er inzwischen ganz woanders, oder er lebt vielleicht gar nicht mehr."

„Mal nicht den Teufel an die Wand. Wir müssen es versuchen, weil es mir eine gute Möglichkeit zu sein scheint. Sonst müssen wir uns eben in der Gegend Arbeit suchen oder wieder eine Bank überfallen." Er grinst.

„Ich fürchte, dass es mit den Banküberfällen nicht immer so weitergehen kann", meldet sich Tom. „Das hat gestern ganz gut funktioniert, aber ich bezweifle, dass es immer so problemlos sein wird."

„Du bist eine alte Unke!", erwidert Rod.

„Du wirst schon sehen, denk an meine Worte."

Doch Rod hört nicht mehr hin. Er lebt im jetzt und hier, was schert ihn eine ungewisse Zukunft?

Cheyenne

Zwei Tage später überschreiten sie die Grenze zu Wyoming, am Abend desselben Tages erreichen sie Cheyenne.

„Wir haben es geschafft!", jubelt Sam und wirft seinen Hut in die Luft. Das Geld haben sie aufgeteilt, damit es ihnen nicht noch einmal so mir nichts, dir nichts, gestohlen werden kann. Jeder hat etwa 300 Dollar bei sich, das sollte eine Weile reichen.

In Cheyenne herrscht das gleiche Chaos wie in Denver. Die Stadt ist deutlich kleiner, vielleicht 10.000 Einwohner, aber steht ihr an Verruchtheit nicht nach, sie ist sogar noch wilder und gefährlicher.

Die vier geben ihre Gäule im Livery Stable ab, dort erhalten die Futter und werden getränkt. Nun stehen sie auf der Hauptstraße und sehen sich um. Scharen von Menschen befinden sich auf den Boardwalks, die sich auf beiden Seiten der Hauptstraße hinziehen. Die ist schlammig, der letzte Regen ist vorbei, nun quälen sich die Pferde mit den Wagen durch den zähen Brei, angetrieben durch Peitschenhiebe und den anfeuernden Rufen der Wagenführer.

Der erste Saloon, den sie erreichten, ist der »Frontier Saloon«. Schwaden von Tabakrauch wehen ihnen an der Schwingtür ins Gesicht, Gesprächslärm schallt ihnen entgegen. Ein paar Petroleumlampen erhellen den Raum, ihr Rauch mischt sich mit dem der vielen Zigaretten, Zigarren und Pfeifen. Die vier erhalten lediglich einen Platz in der zweiten Reihe an der Theke. Laut rufen sie ihre Bestellung dem Mixer zu, der gelassen die vielen Bestellungen entgegennimmt.

Es gibt auch Mädchen, sie sind zumeist dunkel gekleidet, ihre Röcke sind vorne kurz und hören über den Knien auf. Sam wendet sich an Desmond, um ihn auf die Huren aufmerksam zu machen, doch dessen neugierige Blicke haben sie bereits aufs Korn genommen.

Desmond schiebt einen Arm unter den des Mädchens, das neben ihm steht. Er sieht zu seinen Freunden und lacht. „Wie sieht es mit euch aus? Wollt ihr es nicht auch einmal versuchen?" Er zieht die etwas verlebt wirkende, kleine Schwarzhaarige an sich und gibt ihr einen Kuss.

Sam lacht. „Viel Spaß, ich werde mir auch gleich eine Hure suchen." Er sieht seinen Bruder an. „Was ist mit dir, Rod. Hast du nicht auch Lust?" Rod blickt düster in sein Glas und murmelt nur. „Jetzt nicht. Ich wünsch dir viel Spaß." Auch Tom bleibt neben Rod sitzen und wünscht Sam viel Vergnügen. „Wir holen das nach, ganz sicher." Er stubbst Rod in die Rippen. „Wir werden es den jungen Hüpfern noch zeigen, nicht wahr?"

Rod rafft sich zu einem Grinsen auf. „Das wäre ja gelacht, wir haben ganz klar mehr Erfahrung!"

Sam und Desmond sind seit einer Weile verschwunden. Tom wendet sich an seinen Nachbarn. „Sag mal, Rod. Seit wann lebt ihr von Überfällen?"

Der nippt an seinem Glas, stellt es nachdenklich auf die Platte aus spiegelblank poliertem Holz und überlegt. „Das ist noch nicht lange. Wenn ich es recht bedenke, haben wir erst in Dodge damit angefangen."

„Ach so. Ihr müsst doch immer damit rechnen, dass es mal nicht gut ausgeht. Dass ihr jemanden erschießt, oder dass ihr selbst erschossen werdet."

Rod nickt. „Das stimmt. Aber glaube mir, das ist mir eigentlich scheißegal. Wenn du jetzt nicht danach gefragt hättest, hätte ich nie einen Gedanken daran verschwendet."

„Na, ja. Ich mein man bloß. Ich steck da jetzt auch mit drin, deshalb wollte ich wissen, wie ihr dazu steht."

Rod zieht seine Stirn kraus, er nimmt sein Glas und leert es mit einem langen Schluck. Mit dem Ärmel wischt er sich über die Lippen. „Ich will nicht drüber nachdenken und auch nicht drüber reden. Ich mach das, und damit basta. Wenn es schiefgeht- was soll's? Das Leben ist so oder so beschissen, da kann man auch im Knast sitzen."

Inzwischen haben ein paar Gäste die Theke verlassen, sodass sie sich jetzt bequem auf die Hocker setzen können.

Der Gast neben Rod ist ein großer Bursche, mit langen, blonden Haaren. Ein gewaltiger Schnauzbart dominiert das Gesicht. Unter dem Stetson leuchten zwei auffallend blaue Augen hervor. „Wo kommst du denn her? Ich habe dich noch nie in Cheyenne gesehen?", fragt er Rod mit tiefer Stimme und einem unbekannten Akzent.

„Wir kommen aus Dodge, bis dahin sind wir mit einem Rindertreck aus Texas gekommen."

„Habt ihr ein Ziel im Auge? Ihr habt bis hierher doch schon eine lange Strecke zurückgelegt."

„Ich habe einen Bruder in Gillette, den wollen wir besuchen. Vielleicht finden wir dort auch Arbeit."

„Gillette? Da komme ich her. Wie heißt dein Bruder denn?"

„Na, ja. Er wohnt nicht direkt in Gillette, sondern in dem Tal in der Nähe. Er heißt wie ich Bishop, sein Vorname ist Geoffrey."

Der blonde Mann grübelt einen Moment. „Geoffrey Bishop. Bishop ... Da war mal was. Richtig. Es gab vor ein paar Jahren einen schweren Unfall im Sägewerk. Dabei wurde ein Mann schwer verletzt, ein zweiter starb dabei. Vielleicht täusche ich mich, ich glaube, dessen Name war Geoffrey Bishop."

„Tot? Mein Bruder soll tot sein?" Rod sieht erschrocken den Mann neben ihm an.

Der hebt abwehrend die Hände. „Nagle mich nicht darauf fest, ich bin mir nicht sicher. Das ist jetzt etwa vier Jahre her, vielleicht habe ich den Namen falsch in Erinnerung."

Rod ist zutiefst erschrocken. Er bestellt noch einen Whisky, vielleicht hilft das, den Schreck zu verdauen.

„Was machst du denn hier, wenn du in Gillette wohnst?"

Der Mann hat sich inzwischen als Paul van Ellemeet vorgestellt. „Ich bin der Sohn holländischer Einwanderer", erklärt er seinen Namen. „Sage einfach Dutch zu mir, wie meine Freunde. Was meine Anwesenheit hier erklärt – ich gehöre zum Wachpersonal der Bank in Gillette. Wir haben gestern einen Geldtransport hierher begleitet."

Mit einem Mal verfliegt Rods Melancholie. „Du hast WAS gemacht?"

„Das passiert etwa einmal im Monat. Weißt du, die verdienen viel Geld mit dem Abbau von Kupfererz in der Nähe von Gillette. Deshalb wird oft Geld von dort hierher transportiert. Ein Kollege und ich gehören zum Wachpersonal der Bank und bewachen unter anderem auch die Transporte des Geldes."

Rod schmunzelt insgeheim. Das klingt doch sehr interessant. Jetzt darf er nicht zu viel Interesse an dem Geld zeigen, sonst könnte er noch mit seiner Neugier auffallen.

Sam kommt die Treppe aus dem ersten Stock herab. Er geht zu Rod und Tom an die Bar und klopft ihnen auf die Schulter. „Na, Rod, versauerst du nicht hier?" Er grinst auch Tom an. „Ihr solltet euch das mal überlegen. Ich hatte eine heiße Maus. Für einen Dollar mehr hat die Dinge mit mir gemacht, davon habe ich noch nie gehört."

„Schön für dich. Dafür haben wir einen sehr interessanten Mann kennengelernt." Er zeigt zu Dutch, der gerade sein Glas hebt. „Doch das wichtigste zuerst. Es könnte sein, dass Geoff nicht mehr lebt. Möglicherweise ist er vor vier Jahren bei einem Unfall im Sägewerk ums Leben gekommen."

Sam wird einen Moment blass. „Der arme Geoff. Was ist denn jetzt mit seiner Frau? Er hat doch auch Kinder?"

„Du Trottel bist zweifacher Onkel. Ja, wir sollten jetzt erst recht dorthin, vielleicht können wir helfen."

„Weißt du was über die Frau von meinem Bruder? Lebt die noch in dem Tal?", wendet er sich an Dutch, der ebenso wie Tom dem Gespräch lauscht.

„Ich glaube, es gibt eine Frau und zwei Kinder. Ich bin mir aber nicht sicher. Ich wohne im Ort, ich habe kaum Kontakte dorthin."

Desmond kommt die Treppe herunter. Ihm folgt die Hure, bei der er offenbar die letzte Stunde verbracht hat. Sie ist schlank und groß, ihre schwarzen Haare sind jetzt offen, vorhin waren sie zu einem Knoten gebunden. Desmond winkt ihr zu, sie nickt freundlich und wendet sich zu der Gruppe Männer, die am Ende des Schankraumes einem Pokerspiel folgen.

„Na? War sie gut?" Sam lacht seinen jungen Kollegen an.

Desmond lächelt ein breites Grinsen. „Das kannst du wohl sagen, sie hatte eine Menge drauf."

Sam grinst zurück. „Was denn zum Beispiel?"

Desmond schüttelt den Kopf. „Nichts da. Der Gentleman genießt und schweigt." Er und Sam lachen entspannt und wenden sich an Tom und Rod. „Was gibt es, warum guckt ihr so düster?", fragt Desmond die beiden.

„Wir haben eben erfahren, dass unser Bruder wahrscheinlich nicht mehr lebt", erwiderte Rod.

„Du meinst den, den wir eigentlich besuchen wollen?"

„Ja, genau der. Es ist bislang nur ein Gerücht, wir müssen es noch überprüfen. Bis Gillette sind es etwa zwei Tagesritte."

„Warum nehmt ihr nicht die Bahn, dann seid ihr morgen Nachmittag schon da", mischt sich der Thekennachbar Paul ein.

Die vier sehen sich an. „Warum nicht, so teuer kann es nicht sein. Und wenn schon, das spart uns zwei Tage auf dem unbequemen Gaul."

Nicht mehr ganz nüchtern trotten die vier den Boardwalk entlang, auf der Suche nach einem Nachtquartier. Sie sind wieder nicht mehr nüchtern, jetzt an der frischen Luft entfaltet der viele Whisky seine volle Wirkung. „Da ist was, das muss ich euch morgen unbedingt erzählen, jetzt kriege ich das nicht mehr ganz zusammen", nuschelt Rod.

„So, was ist es denn?", fragt Tom.

„Es hat mit viel Geld zu tun", lallt Rod als Antwort.

„Für den Moment haben wir doch genug", wirft Desmond ein. „Lasst uns damit warten."

Am nächsten Morgen beim Frühstück rückt Rod mit seiner neuerworbenen Kenntnis raus. „Ich habe gestern erfahren, dass die Bank in Gillette offenbar oft mit viel Geld zu tun hat. Das wird mit der Bahn transportiert und wird auch bewacht. Trotzdem sollten wir uns das mal ansehen, vielleicht fällt uns eine Schwachstelle auf, die wir ausnutzen können.

„Das ist sicher nicht verkehrt", entgegnet Desmond. „Ich bin jedoch dafür, dass wir erst einmal zur Ruhe kommen. Wenn wir sparsam sind, reicht unser Geld ein paar Jahre, nach einem Überfall müssten wir wieder flüchten und uns eine neue Umgebung suchen."

„Ich finde, Desmond hat recht", führte Tom die Idee fort. „Lass uns mal eine Weile niederlassen, dann sehen wir weiter."

„Was machen wir, wenn uns unsere Schwägerin nicht bei sich haben will?", sorgt sich Sam.

„Das juckt mich nicht, sie wird uns in dem Fall ertragen müssen," erklärt Rod kurz und bündig.

Eine halbe Stunde später stehen sie am Bahnhof von Cheyenne. Der Zug nach Gillette fährt zweimal am Tag, um 10 am Vormittag und um 8 Uhr am Abend. Der Zug nach Omaha oder San Francisco fährt vier Mal am Tag, die Strecke ist wichtig, es ist die Verbindung von der Ost- mit der Westküste der Vereinigten Staaten.

Ihre Pferde halten sie am Zügel und führen sie in den kleinen Corral, vor dem später der Wagen für den Viehtransport halten wird. Sie haben viel Zeit und sehen sich auf dem ungewohnten Gelände um. Sie haben zwar schon ab und zu einen Zug gesehen, sind aber noch nie mit einem gefahren. Jetzt sind sie entsprechend aufgeregt - versuchen sich aber so zu benehmen, als wäre eine Fahrt mit dem Zug die natürlichste Sache der Welt.

Die größte Sorge der vier ist, dass sie in den falschen Zug steigen könnten und bombardierten schon kurz nach Betreten des Bahnhofes den Stationsvorsteher mit Fragen.

„Das ist ganz einfach", erklärt der. „An dem Bahnsteig gibt es eine Anzeige, die ich mit einem Stab bediene. Es wird der jeweilige Endbahnhof und gegebenenfalls ein wichtiges Zwischenziel angezeigt. In Ihrem Fall", er bricht hier ab und geht vor ihnen zum Bahnsteig hinaus. „In ihrem Fall ist die Endstation Fleetwood, Gillette als wichtige Zwischenstation steht etwas kleiner darunter." Er zeigt mit der Hand auf das weiße Schild mit der schwarzen Beschriftung. „Hier sehen Sie. Der nächste Zug, der hier einfährt, verlässt uns in Richtung Gillette."

Die vier nicken und bedanken sich für die Hilfe.

Gillette

Eine gute halbe Stunde trifft der Zug ein. Schwarzweißer Qualm hüllt den Bahnhof ein, als die Lokomotive mit lautem Klingeln und Quietschen der Bremsen einfährt. Mit etwas Argwohn mustern die Freunde die unheilvoll lärmende Lokomotive, deren Dampfkessel mit lauten Schlägen der Kesselspeisepumpe mit Wasser gefüllt wird.

Die Pferde scheuen und werfen den Kopf zurück, als der laute Zug an ihnen vorüberfährt. Als er endlich zum Stillstand gekommen ist, führen sie ihre Vierbeiner in den Viehwaggon. Ein Gehilfe der Bahn ist gerade dabei, die Hinterlassenschaften der vorigen vierbeinigen Reisenden zu beseitigen. Mit Besen und Schaufel sammelt er die Pferdeäpfel ein. Sie verlassen den Wagen wieder und eilen zu dem ersten Personenwagen, von der Sorge beseelt, dass der Zug abfahren könnte und sie am Bahnhof zurückbleiben würden. Die Sitzplätze sind gut belegt. Die meisten Reisenden sind Männer, in ihrem Wagen sitzen lediglich zwei Frauen, die sich angeregt miteinander unterhalten. Die meisten Fahrgäste sind gut gekleidet, in Stoffhosen und Schuhen, auf dem Kopf tragen sie häufig einen halbkugelförmigen, schwarzen Hut mit schmaler Krempe.

Die Kleidung der Vier dagegen ist etwas in Mitleidenschaft gezogen, den Kopf ziert bei allen den für Cowboys typischen Stetson.

Der Zug fährt langsam, fast unmerklich an. Weißer Dampf wallt an den Fenstern vorbei. Die vier sehen staunend nach draußen, sie sind von der ersten Bahnfahrt in ihrem Leben sehr beeindruckt. Allmählich wird der Zug schneller, nach wenigen Minuten hat er seine Endgeschwindigkeit erreicht – etwa die eines galoppierenden Pferdes.

Bis Gillette hält der Zug drei Mal, in Hadley, in Parker Gulch und in Clearwater. Desmond und Sam stehen jedes Mal am Fenster und suchen nach den Bahnhofsschildern. Doch dann, vier Stunden später, haben sie Gillette erreicht. Aufgeregt eilen sie nach draußen. Ihr erster Gedanke gilt den Pferden, sie befreien sie aus dem dunklen Waggon und sitzen auf. Am Bahnhof befindet sich eine Tränke, von der sie Gebrauch machen.

„Wie machen wir jetzt weiter? Wie finden wir unsere Schwägerin?", Sam sieht etwas blass in die Gegend.

„Wir müssen fragen, so lange, bis wir jemanden finden, der das weiß", erwidert Rod etwas ungehalten. „Auf so eine Lösung hättest du auch selbst kommen können."

Direkt am Bahnhof befindet sich ein Saloon, der »Go Lucky«. Zielstrebig reiten sie darauf zu und binden ihre Pferde davor an.

Der Saloon ist wie alle Kneipen düster, es riecht nach kaltem Rauch und Bier. Sie wenden sich an den Barmann. „Hey, Mister. kennen Sie eine Mrs. Bishop? Sie soll in dem Tal wohnen, das hier beginnt."

Der Mann ist gerade dabei, ein frisches Fass Bier aufzustellen. Er wischt sich den Schweiß von der Stirn. „Tut mir leid. Ich habe den Namen mal gehört, aber wo sie wohnt – keine Ahnung. Ich schlage vor, sie gehen ein paar Häuser weiter, bis zur Schmiede. Unser Schmied ist seit Jahren Bürgermeister, der kennt jeden, der hier wohnt. Versuchen Sie es dort."

Die Schmiede ist ein großer Betrieb, ein Wagenbauer hat sich vor Jahren dazu gesellt, sie ergänzen sich beide perfekt. Die vier betreten den Betrieb, ein junger Mann steht vor der Esse und hält ein Hufeisen in das weiß glühende Feuer.

„Hallo, mein Junge! kennen Sie eine Mrs. Bishop?", ruft Rod, um das laut fauchende Feuer zu übertönen.

Der Schmied dreht seinen Kopf nach hinten, er ist ein junger Mann, Mitte 20. „Guten Tag, Messieurs! Ich werde ihnen gleich weiterhelfen, einen Moment noch." Das Eisen ist nun heiß genug, auf dem Amboss bringt er es mit ein paar kräftigen Schlägen in Form, Funken sprühen durch die Schmiede. „Ein paar Minuten noch!" Er taucht es in einen Eimer mit Wasser, laut zischend entweicht Dampf, dann tritt der junge Mann zu dem Pferd, das vor der Schmiede von einem älteren Herrn gehalten wird. Er passt das Eisen an den Huf, er nickt zufrieden, nimmt sich Hufnägel aus der Tasche seines Kittels und schlägt einen nach dem anderen ein. „So, Matt, das ist wieder in Ordnung. Gib mir einen halben Dollar, dann ist das okay." Er steckt die Münze ein, da erhellt sich sein Gesicht. „Sag, mal, Matt, du kennst doch sicher die Witwe Bishop. Diese Herren da", er zeigt zu seinen Gästen, „die wollen etwas von ihr wissen. Peter ist zu seinem Haus gegangen, da ist etwas kaputt."

Matthew Richmond blickt zu den Männern. Der eine wirkt nicht besonders vertrauenerweckend, der sympathischste unter ihnen scheint noch der Jüngste zu sein. „Womit kann ich Ihnen helfen?"

„Wir wollen eigentlich unseren Bruder Geoffrey besuchen. Nun haben wir gehört, dass er tot sein soll", erklärte Rod.

„Sie meinen sicher Geoffrey Bishop? Ja, der ist vor etwa vier Jahren durch ein Unglück im Sägewerk umgekommen. Das ist bisher der einzige Unfall mit Todesfolge, ich mache mir deswegen immer noch Vorwürfe." Matt räuspert sich. „Wissen Sie, ich bin der Leiter des Sägewerkes. Ein Stapel Baumstämme sind ins Rollen gekommen und hat ein paar Mitarbeiter getroffen. Leider ist ihr Bruder dabei ums Leben gekommen."

„Gibt es denn seine Familie noch? Wir haben seit sieben Jahren nichts mehr von ihnen gehört", mischt sich Sam ein.

„Doch, seine Witwe wohnt immer noch dort, sie hat zwei Kinder. Ich sehe sie gelegentlich, alle drei sind wohlauf." Matt mustert den Mann und seine drei Begleiter. „Ich werde jetzt zu meiner Frau reiten, kommen Sie doch mit. Die Farm Ihrer Schwägerin ist in der gleichen Richtung, es ist lediglich ein paar Meilen weiter."

Rod sieht seine Kollegen an. „Was meint ihr? Sollten wir gleich mit diesem Herrn reiten?"

„Wir haben den ganzen Tag noch nichts gegessen", gibt Desmond zu bedenken. „Ist der Weg denn schwer zu finden?", fragt er Matt.

„Nein, das ist einfach. Sie müssen diese Straße weiterreiten, über die Brücke und dann immer in Richtung Osten am Fluss entlang, dem Brazos River. Nach etwa fünf Meilen beginnt auf der linken Seite der Straße ein zum Teil gerodeter Wald. Das Grundstück direkt davor gehört Frau Bishop."

„Okay, das klingt tatsächlich nicht schwierig. Wir werden hierbleiben und uns erst später auf den Weg machen, Herr … wie ist Ihr Name?"

„Ich heiße Matthew Richmond, uns gehört ein Haus direkt am Fluss, etwa drei Meilen hinter der Brücke. Sie kommen auf ihrem Ritt daran vorbei. Ich wünsche Ihnen noch einen schönen Tag!", ruft er und reitet davon.

Die vier Männer reiten zur Main Street und sehen sich um. Die Häuser sind gepflegt, auf der Straße und den Boardwalks herrscht der typische Betrieb. Nicht so überfüllt wie in Denver oder Cheyenne, es zeugt von einer gesunden Betriebsamkeit.

„Seht mal, da drüben ist die Bank, von der dieser Typ in Cheyenne erzählt hat." Sam zeigt zu dem Gebäude hinüber, das gerade ein Mann verlässt. Ein paar Schritte weiter sind zwei Saloons, links befindet sich der »Cattlemen's Palace«, ihm gegenüber liegt der »Red Bull«.

„Die Stadt gefällt mir gut", befindet Tom. „Es sieht überall wohlhabend aus, es gibt zwei Saloons und essen kann man hier auch."

„Du hast die Bank vergessen", ergänzt Desmond.

„Ja, die werden wir noch unter die Lupe nehmen", fügt Rod hinzu.

Schließlich binden sie ihre Pferde an und betreten den Cattlemen's Palace. Es ist kurz nach Mittag, der Schankraum ist mit wenigen Personen besetzt. Sie sehen sich um und begeben sich schließlich zur Bar. Der Mixer kommt gerade von einer hinteren Tür herein, er trägt eine Kiste mit Whiskyflaschen.

„Sie kommen gerade richtig", begrüßt ihn Tom. „Für uns vier bitte je ein Glas."

Auf ihre Frage, wo man denn gut essen könne, werden sie zum Boarding Haus verwiesen. „Früher war dort auch eine Pferdewechselstation, die gibt es seit ein paar Jahren nicht mehr. Dafür hat man sich dort mehr auf das Essen spezialisiert", erfahren sie vom Mixer.

„Dem Ort geht es recht gut, woran liegt das?", erkundigte sich Desmond.

„Sie sind nicht von hier, nicht?" Der Mann schenkt ihnen Whisky nach. „Seit 1875 wird hier Kupfer gefördert. Das gibt Beschäftigung für viele Arbeiter, die Gemeinde erhält gute Steuern."

„Kupfer? Ich habe noch nie gehört, dass damit Geld verdient wird", wundert sich Sam.

„Doch, das läuft gut. Zuerst hat man noch Silber gefunden, dann stellte man fest, dass man dort auf einem der größten Kupfervorkommen Nordamerikas sitzt. Das Kupfer wird für die aufkommende Elektroindustrie benötigt." Er sieht seine Gäste an. „Haben Sie schon bemerkt, dass wir eine elektrische Straßenbeleuchtung haben? Das hat der Inhaber der Mine spendiert, um Reklame für das Kupfer zu bewirken." Er lacht, als er die staunenden Blicke seiner Gäste bemerkt. „Ja, wir in Gillette sind schon etwas Besonderes."

„Das ist sehr interessant, davon haben wir noch nie gehört", äußert sich Tom. „Ich habe das Gefühl, dass wir als Cowboys oder Goldsucher einer aussterbenden Zunft angehören."

„Du musst das nun nicht gleich so schwarz sehen", beruhigt ihn Desmond. „Vorläufig haben wir noch unser Auskommen."

„Du bist gut. warum leben wir denn so, wie wir leben? Weil Arbeit für Cowboys eben schwer zu finden ist." Tom ist offenbar von dem Auskommen nicht überzeugt, er wendet sich an den Barmann. „Meinen Sie, dass wir in der Kupfermine Arbeit finden könnten?"

Der hebt abwehrend die Hände. „Tut mir leid, ich habe keine Ahnung. Aber fragen Sie doch im Büro der Minengesellschaft, das ist hier gleich ein paar Häuser weiter."

Die Freunde bezahlen und stehen wieder auf der Straße. „Hast du einen Vogel, schwer arbeiten zu wollen?", ereifert sich Rod. „Die Arbeit in einer Miene ist doch Schinderei."

„Na, weißt du. Wenn du wie ich einige Jahre Gold geschürft hättest, würde dir jede andere Arbeit leicht vorkommen."

„Wenn man ab und zu eine Bank überfällt, dann bräuchte man gar nicht zu arbeiten."

„Ja, wenn es denn klappt. Ich sehe da auch ein ziemliches Risiko, den Coup eines Tages nicht lebend zu überstehen."

„Du bist eine Memme. Aber bitte, das ist deine Entscheidung."

„Hört auf, euch zu streiten. Ich schlage vor, wie gehen jetzt essen. Was meint ihr dazu?" Desmond knurrt der Magen.

Der Vorschlag wird ohne Murren akzeptiert. Im Boardinghouse kann man tatsächlich gut essen, es gibt sogar eine Auswahl aus verschiedenen Gerichten.

„Sollten wir denn nun immer noch zu unserer Schwägerin, auch wenn Geoffrey gar nicht mehr lebt?", fragt

Sam seinen Bruder. „Wir kennen sie gar nicht und erst recht nicht ihre Kinder."

Rod löffelt seine Bohnensuppe und denkt über eine Antwort nach. Er leert den Teller und legt den Löffel daneben. „Wo sollen wir denn sonst hin? Wir kennen hier niemanden. Bei unserer Schwägerin – auch wenn wir sie nie kennengelernt haben – werden wir eine Unterkunft erhalten, ob sie das will oder nicht. Mir scheint es auch besser, damit wir hier im Ort nicht auffallen, sondern vorerst im Tal leben."

„Das klingt doch ganz vernünftig. Die Frage ist, ob eure Schwägerin für uns alle Platz hat", ergänzt Desmond.

Nach dem Essen holen sie ihre Pferde aus dem Mietstall. Für einen Vierteldollar sind sie gefüttert und getränkt worden.

Die vier Reiter benutzen den früheren Postweg, die Strecke ist leicht zu finden. Der Himmel ist bedeckt, es weht ein leichter Wind. Hinter der Brücke über den Brazos River halten sie sich in Richtung Osten. Den Weg entlang ziehen sich die Parzellen der Siedler. Alle gut 300 Meter passieren sie ein neues Grundstück. Die meisten sind mit einem Haus versehen, das Holz hat für fast alle die Sägerei Callaghan geliefert. Das Land dahinter wird sehr unterschiedlich genutzt, sie sehen häufig Getreide, aber auch Viehzucht, wie Rinder oder Schafe.

Desmond sieht sich aufmerksam um. „Das macht alles einen sehr ordentlichen Eindruck."

„Ja, das heißt aber auch, dass in der Bank eine Menge zu holen sein sollte", fügt Rod hinzu. „Ich werde morgen in den Ort reiten, um mich ein wenig umzusehen."

Etwa eine Stunde später nähern sie sich der Parzelle ihrer Schwägerin. Es ist genauso, wie es Matt Richmond beschrieben hat. Zur linken Seite liegt eine Parzelle, es steht ein kleines Haus und ein Stall darauf. Dahinter befindet sich ein gerodetes Grundstück, viel weiter noch, am Ende der Straße, ist die Sägerei zu erkennen.

„Weißt du eigentlich, wie unsere Schwägerin aussieht?", will Sam von Rod wissen. Hat unser Bruder sie mal beschrieben, oder ein Bild geschickt?"

Rod schüttelt den Kopf. „Ja, das ist aber schon lange her. Vor 17 Jahren, als er geheiratet hat. Wir haben einen Brief erhalten, darin hat er sie beschrieben. Sie hat kastanienbraune Haare und war damals wohl recht hübsch."

Sie haben das Grundstück erreicht und halten mit ihren Pferden vor dem Gatter. Im Boden steckt ein Pfahl, an dem ein verwittertes, hölzernes Schild befestigt ist. Mit einem Messer ist ein Name eingeschnitzt worden, es muss viele Jahre her sein, es ist kaum noch zu lesen. Mit etwas Phantasie kann man den Namen »Bishop« erkennen.

„Siehst du, hier sind wir wohl richtig." Sam schwingt sich vom Pferd, sein Bruder folgt ihm. Tom und Desmond sehen sich unsicher an, sie wollen noch abwarten, bis der Bewohner des Grundstückes gefunden ist.

Das Haus ist aus Baumstämmen gefertigt, die Fugen sind mit Lehm abgedichtet, das Dach mit Holzschindeln gedeckt. Hinter dem Haus steht ein Stall oder eine kleine Scheune, dahinter sehen sie einen Hof, auf dem einige Hühner laufen.

Sam und sein Bruder gehen auf das Haus zu. Rod blickt kurz zu seinem Bruder, dann klopft Rod an die Tür.

„Vielleicht ist sie nicht zu Hause, es sieht sehr einsam aus", vermutet Sam.

Doch Rod gibt nicht so schnell auf, er klopft noch einmal. Nach ein paar Minuten lassen sie von der Tür ab und wenden sich zum Hof. „Vielleicht ist sie im Stall oder auf dem Feld, dann können wir lange klopfen."

„Hände hoch! Wer sind Sie und was wollen Sie hier?"

Hinter dem Haus ist eine Frau hervorgekommen und richtet jetzt eine Flinte auf sie. Sie erweckt nicht den Eindruck, als wenn sie spaßen würde.

„Sorry, Madam. Ich bin Rod Bishop, der da ist -", er zeigt auf seinen Genossen, „ist mein Bruder Sam. Wir sind die Brüder von Geoffrey, ihrem Mann."

„Ach!" Die Frau senkt die Flinte ein paar Zoll und mustert die beiden skeptisch. „Das mag sein, ihr seht meinem Geoff – Gott hab ihn selig – ein bisschen ähnlich." Dann scheint sie ganz überzeugt zu sein. „Doch, die Ähnlichkeit ist sehr deutlich. Was wollt ihr hier? Euer Bruder ist seit vier Jahren tot und plötzlich taucht ihr aus der Versenkung auf." Elizabeth Bishop ist ganz offensichtlich nicht begeistert über den unerwarteten Besuch.

„Na, ja. Wir haben keine Arbeit und haben uns gedacht, dass wir bei dir eine Weile unterkommen könnten."

Die Frau zieht die Augenbrauen zusammen, mit scharfem Blick mustert sie ihre Schwäger abweisend. „Ihr habt keine Arbeit, zieht einfach so durch die Gegend und denkt, bei dieser Schwägerin lassen wir uns durchfüttern. Da seid ihr bei mir falsch, ich bin froh, wenn ich mich und meine Kinder ernähren kann. Und dann kommt ihr und wollt noch von dem Bisschen mitessen." Sie hat sich in Zorn geredet, ihre Wangen glühen. Hübsch sieht sie aus, das braun-rote Haar hat sie zu einem Knoten gebunden, sie ist mit einer Jacke und einer Hose bekleidet, die von Hosenträgern gehalten wird.

„Wir können dich bezahlen, wir haben etwas auf die Seite legen können", bietet ihr Rod an.

„Das nützt gar nichts. Mit dem Geld muss man erst einkaufen, dazu muss man nach Gillette fahren, da vergeht ein Tag. Für heute wird das nichts mehr."

Rod zieht ein verärgertes Gesicht. Wenn das Gespräch nicht gleich eine positive Wendung ergibt, wird er seine

Zurückhaltung aufgeben und sich die Unterbringung erzwingen. Wenn sich diese Frau weiterhin so bockig anstellt, wird er ihr beibringen, was es heißt, sich einem Rod Bishop zu widersetzen. Mit zusammengekniffenen Augen mustert er sie. Sie sieht verdammt gut aus, sein Bruder Geoff hatte offenbar Geschmack. Er kann sich durchaus vorstellen, sie flachzulegen. Das ist auf jeden Fall besser als mit den Huren, die Desmond und auch sein Bruder immer aufgesucht haben. Er hat schon lange keine Frau mehr gehabt, diese Elizabeth gefällt ihm. Er muss warten, bis er mit ihr alleine ist, denn Tom und Desmond würden ihn sicher davon abhalten. Sein Bruder Sam würde Bescheid bekommen, der würde sich ihm nicht in den Weg stellen.

Tom und Desmond kommen angeritten und halten neben ihnen.

„Wer ist das denn noch?", ruft Elizabeth bestürzt. „Gehören die etwa auch zu euch?"

„Entschuldigen Sie, Madam. Ich bin Desmond Gould, das ist unser gemeinsamer Freund Tom Bancroft," er zeigt auf seinen haarigen Kollegen.

Frau Bishop sieht entsetzt auf die vier Männer. „Zwei sind schon zu viel, vier kann ich in keiner Weise versorgen. Ich lebe mit zwei Kindern in einem kleinen Haus.

Desmond macht einen Vorschlag zur Güte. „Liebe Frau Bishop, für heute haben wir selbst noch etwas Essen dabei. Morgen können wir nach Gillette reiten und einkaufen. Für den Moment genügt es, wenn wir ein Dach über den Kopf haben. Ist in dem Stall nicht vielleicht etwas Platz für uns?"

Elizabeth Bishop ist offenbar etwas beruhigt. Desmonds Einwand klingt sehr vernünftig, sein passables Äußeres hat sicher auch einen Teil dazu beigetragen. Mit Frauen versteht er sich, er kann sehr charmant sein.

„Gut, dass sollte sich einrichten lassen. Wir können ja mal nachsehen." Sie geht voraus, die vier Männer folgen ihr.

Aus dem Stall kommt ein junges Mädchen heraus, in der Hand trägt sie einen Korb. Sie blickt erschrocken auf, als sie die Männer in Begleitung ihrer Mutter wahrnimmt.

„Hallo, Amanda. Wir haben Besuch bekommen. Zwei von ihnen sind Brüder von deinem Papa. Sie werden ein paar Tage bleiben."

„Guten Tag!", sagt sie artig und nickt mit dem Kopf. Sie ist hübsch, sie hat lange, braune Haare, die jetzt zu zwei Zöpfen geflochten sind. Sechzehn Jahre ist Amanda alt, viele Mädchen sind in ihrem Alter schon verheiratet, bei ihr hat sich das noch nicht ergeben. Sie zeigt ihrer Mutter den Korb. „Sie mal, unsere Hühner haben heute eine Menge Eier gelegt."

„Das ist fein. Stelle den Korb bitte in die Küche, ich werde sie nachher braten." Sie sieht ihren Besuch an. „Falls Sie einen Schinken haben, können Sie ihn dazugeben, das ergibt dann ein leckeres Essen." Sie wendet sich wieder an ihre Tochter. „Sag mal, weißt du, wo Johnny ist?"

„Der ist noch draußen bei den Kühen, er wollte sie melken."

„Johnny ist mein Jüngster, er ist vor kurzem 14 Jahre alt geworden", erklärt die Mutter. Sie wendet sich wieder an die Männer. „Lassen Sie uns zum Stall gehen. Dann können Sie sehen, wie es um den Platz bestellt ist."

Der Stall ist ein Bretterverschlag, etwa 10 mal 20 Schritt groß. Da die Kühe und Schafe im Sommer auf der Weide grasen, steht er leer. Der Boden ist mit einer Handbreit hoch Stroh bedeckt.

„Das Stroh ist bereits erneuert. Wenn ihr eure Decken nehmt, sollte das gehen. Zwischen dem Haus und dem Stall steht die Pumpe, falls ihr euch waschen wollt. Für eure Notdurft müsst ihr euch eine Latrine graben, ich zeige euch später, wo das am besten passt."

Die vier Männer begutachten den Stall. Für ein paar Tage mag es gehen, sie haben schon bedeutend schlechter übernachtet. Sie nehmen ihren Pferden den Sattel und das Gepäck ab und führen sie zu dem Wassertrog, der sich neben der Pumpe befindet.

Nachdem sich die Männer gewaschen haben, kommen sie zum Haus von Frau Bishop. Es besteht aus der Stube, einem winzigen Schlafzimmer für sie und einem Zimmer für die beiden Kinder. Die Baumstämme, aus denen die Wände bestehen, sind behobelt, so sind sie weitgehend eben. Jedes Zimmer hat ein kleines Fenster, es herrscht ohne Petroleumlampe Dämmerlicht.

Die Stube hat eine Größe von etwa drei mal vier Schritt, ein Tisch mit vier Stühlen und ein Schrank sind die einzige Einrichtung. Der Ofen in der Stube ist gleichzeitig der Herd zum Kochen, zwei Töpfe und eine Pfanne hängten an einem Haken darüber.

„Das ist alles, was ich euch bieten kann. Ihr seht, wie klein es ist. Gastfreundschaft hin oder her, für vier Männer ist es eindeutig zu klein."

Rod setzt sich sofort auf einen der Stühle, um anzudeuten, dass er auf jeden Fall einen Platz beansprucht. Wie weit seine Kollegen, die Frau als eigentliche Bewohnerin und ihre zwei Kinder noch Platz finden, ist ihm egal.

Johnny kommt zur Tür herein, erschrocken sieht er sich um. Jetzt stehen sechs Personen auf dem freien Platz der Stube, Rod sitzt als einziger, er hat bereits seine Beine ausgestreckt und die Stiefel unter den Tisch geschoben.

Der Junge hat wuschelige, schwarze Haare und sieht seiner Schwester sehr ähnlich, er macht einen aufgeweckten Eindruck. „Mama! Was ist denn hier los?"

„Wir haben Besuch, mein Kleiner. Du kannst den Schemel aus dem Stall holen, dann haben wir einen Platz

111

mehr. Für dich und Amanda sehe ich schwarz, ihr werdet in eurem Zimmer essen müssen."

Sie blickt die Männer an. „Es wäre sehr schön, wenn sich einer von euch um das Feuer kümmern würde, ich werde mir ein paar Kartoffeln aus dem Vorrat im Stall holen. Du, Amanda, kannst schon mal Wasser vom Brunnen holen."

Sam macht sich am Ofen zu schaffen. Etwas Glut ist noch darin, sodass er lediglich ein paar Scheite nachlegen muss.

Der Platz am Tisch ist mehr als gedrängt. Die Kinder haben sich mit dem Essen auf ihr Zimmer zurückgezogen. Die vier Männer haben den Schinken aus ihren Vorräten gespendet. Der findet sich nun klein geschnitten im Rührei wieder, zusammen mit den Kartoffeln ergibt es ein wohlschmeckendes Essen.

„Du bist eine ausgezeichnete Köchin", schmeichelt Sam seiner Schwägerin.

„Danke, das ist nichts Besonderes. Es ist das Beste, was ich mit den vorhandenen Vorräten zubereiten konnte." Sie wendet sich an ihre Kinder. „Ihr könntet das Geschirr zur Pumpe tragen, damit ich dort nachher abwaschen kann." An die Männer gewandt, fährt sie fort: „Das saubere Geschirr ist völlig aufgebraucht. Ich besitze nicht mehr, deshalb müssen wir nach jeder Mahlzeit abwaschen."

Sam nickt. „Wir werden dir dabei helfen, das versteht sich doch von selbst."

„Natürlich", bestätigt Desmond. „Wir sollten uns überlegen, wie es morgen weitergehen kann. Ich denke, wir müssen einkaufen, oder?"

„Ja. Zwei Parzellen weiter wohnt William Northstoke. Von dem habe ich immer ein Pferd und seinen Wagen erhalten. Der wird ihn auch sicher an einen von euch ausleihen", erläutert Elizabeth.

„Ich habe eine Idee wegen des Schlafplatzes", mischt sich Sam ein.

„Wie meinst du das?", will Tom wissen. Gesättigt hat er sich zurückgelehnt. Er benutzt wie Elizabeth, Rod und Sam einen der vier Stühle. Desmond muss mit dem Schemel aus dem Stall vorliebnehmen.

„Das ist nicht schwierig. Wir könnten das Stück zwischen Haus und Stall verbinden, ein Fußboden, Wände und Dach. Das ist nicht schwierig. Ein weiterer Vorteil wäre, dass dann die Pumpe im Winter nicht mehr einfrieren kann."

„Ey, Sam. Du bist ein Genie!", lobt ihn Tom. Er kann nicht wissen, dass Sam ein Jahr bei einem Zimmermann als Helfer gearbeitet hat.

„Die Sägerei ist doch nicht weit weg, oder?", fragt er seine Schwägerin.

„Nein, das ist vielleicht eine halbe Meile."

„Na, bitte. Dort hat man vielleicht etwas Holz für uns übrig."

Johnny und Amanda sitzen jeder auf seinem schmalen Bett und essen mit Appetit von dem gut schmeckenden Mahl.

„Was hältst du von unseren Onkeln?", fragt sie ihren Bruder.

„Ich weiß nicht. Vor dem älteren habe ich Angst, der jüngere scheint ganz nett zu sein."

„Am besten gefällt mir der junge Begleiter - ich glaube, sie nennen ihn Desmond - der sieht auch richtig gut aus." Amanda lächelt ein bisschen, als sie an ihn denkt.

„Davon habe ich nichts bemerkt", erwidert ihr Bruder skeptisch.

„Natürlich, das ist typisch Junge. Wie sollen die so etwas erkennen." Sie stellt den Teller mit der Gabel auf den kleinen Tisch, den sie sich beide teilen. „Hast du gesehen, wie der ältere von unseren Onkeln Mama angesehen hat? In ihrer Haut möchte ich nicht stecken."

„Meinst du? Ich werde ein Auge darauf haben." Im Moment kommt er sich sehr mutig vor. Mit der Flinte kann er seit ein paar Jahren umgehen, damit könnte er seine Mutter verteidigen.

Elizabeth Bishop ist froh, als sie nach dem Abendessen und einem kleinen Schwätzchen endlich allein ist. Hoffentlich ziehen die vier bald wieder fort. Zwei sind zwar die Brüder ihres verstorbenen Mannes, aber das macht sie nicht sympathischer. Besonders der ältere, dieser Rod, vor dem muss sie auf der Hut sein. Sie wird darauf achten müssen, dass die Flinte immer geladen und greifbar ist.

Der nächste Tag beginnt früh. Es ist kurz nach sechs, als die Witwe ihre Gäste weckt. „Aufstehen, heute ist viel zu tun!"

Es gibt Brot zu essen, dazu etwas Käse. „Damit sind meine Vorräte aufgebraucht, heute muss eingekauft werden", bestimmt Frau Bishop. „Käse, Wurst und Brot erhält man hier im Tal, ich werde euch aufschreiben, bei wem man was bekommt."

Sam und Tom sind zum Einkaufen bestimmt worden. Rod will sich im Ort »umsehen«. Im Klartext heißt das, dass er die Bank und deren Mitarbeiter und Bewacher auskundschaften will. Desmond will Frau Bishop zur Hand gehen, im Haus und auf dem Feld ist mehr Arbeit, wenn so viele Gäste zu verpflegen sind.

Die Kinder sind zur Schule, bis dahin sind drei Meilen zu gehen. Das wird klaglos akzeptiert, lediglich im Winter, falls besonders viel Schnee liegt, fällt die Schule aus.

Rod reitet in die Stadt. Er hat keine Lust einzukaufen, das ist für ihn »Weibersache«. Zur Farmarbeit fühlt er sich ebenfalls nicht berufen. Jetzt überquert er die Brücke über den Brazos River, laut hallt das Getrappel der Hufe von dem Dach zurück.

Im Ort herrscht ein quirliges Durcheinander, wie jeden Tag. Der Kaufmann Ben Nolan hat wie jeden Morgen Reklameschilder auf den Boardwalk gestellt, um mit schwungvoller Kreideschrift auf seine aktuellen Angebote aufmerksam zu machen. Aus der Schmiede klingen die typischen Schläge des Hammers, vor der Werkstatt stehen zwei Pferde, eines soll ganz neu beschlagen werden, bei dem anderen soll ein Hufeisen neu befestigt werden.

Vor der Bank steht ein Wagen, gerade wird eine Kiste auf die Ladefläche gestellt. Dieses Mal sind Lohngelder in die Minenstadt Madsen zu bringen. Dort arbeiten über 200 Mitarbeiter, insgesamt leben in dem kleinen Ort über 800 Menschen.

Zum Kutscher gesellt sich ein Gehilfe, der eine Flinte in der Hand hält, eine Winchester hängt ihm am Riemen über der Schulter. Ein weiterer Mann kommt aus der Bank, er setzt sich zu der Kiste auf die Ladefläche. Er hat einen Colt umgeschnallt, in der Hand hält er ebenfalls eine Flinte,

Rod stutzt, den Mann kennt er doch? Der gewaltige, blonde Schnurrbart ist unverkennbar. Es ist Paul van Ellemeet, der baumlange Bewacher, den sie in Cheyenne kennengelernt haben. Rod stützt sich mit beiden Händen am Sattelhorn ab und beobachtet aufmerksam die Vorgänge vor der Bank. Für den Moment erscheint es ihm fast unmöglich, den Transport zu überfallen, er ist zu gut bewacht. Nach seiner Einschätzung benötigt man mindestens fünf Mann. Es sind immerhin drei Personen auf dem

Wagen, den Lenker mitgezählt. Die Bewacher sind bestimmt nicht bange, wenn er schon diesen Holländer sieht - mit dem ist sicher nicht gut Kirschen essen.

Der Kutscher lässt die Peitsche knallen, der kleine Wagen setzt sich in Bewegung und hat in ein paar Minuten den Bahnhof erreicht. Rod lässt sein Pferd antraben und folgt dem Gefährt in einiger Entfernung.

Der Zug nach dem Minenort Madsen steht bereits am Bahnhof, leise zischt die Lok. Gleich der erste Wagen hinter ihr ist ein Gepäckwagen. Davor hält das Gefährt. Die beiden bewaffneten Mitfahrer nehmen die Kiste und tragen sie in den dunkelbraun gestrichenen Wagen. Mit einem zweiten Gang holen sie ihre Waffen. Der Kutscher erhält noch einen Abschiedsgruß, wendet sein Gefährt und fährt zur Bank zurück.

Rod hat sich das aus der Entfernung angesehen, er ahnt bereits eine Möglichkeit, den Transport zu überfallen und grübelt über verschiedenen Varianten, damit ein guter Plan entsteht. Ein günstiger Moment ist der, in dem die beiden Wachleute die Kiste in den Wagen tragen. Sie sind entweder unbewaffnet oder haben keine Hand frei. Ja, richtig. Er würde vorher im Gepäckwagen sein müssen und die beiden in dem Moment, in dem sie ihn betreten, erschießen. Dann gehört ihm das Geld, er muss sich nur sofort aus dem Staub machen. Alleine geht das nicht, der Kutscher ist noch draußen, der hat eine Flinte und würde nicht zögern, sie einzusetzen. Sam muss mitmachen, dann kann das klappen. Sehr zufrieden mit seiner Idee reitet er zur Main Street zurück.

Rod tritt in die Bank, um das Innere kennenzulernen. Es gibt zwei Schalter, hinter beiden sitzt ein Kassierer. Im Kassenraum steht ein Stuhl, auf dem ein Wachmann sitzt. Er ist mit zwei Revolvern ausgestattet, einen hält er gerade in der Hand und füllt Patronen ein. Rod geht zum

Schalter und lässt sich für einen zehn Dollar-Schein Kleingeld geben.

Außer den beiden Schalterangestellten sind noch mehrere Personen in der Bank. Rod kann sie nicht sehen, er hört sie miteinander sprechen. Es scheinen noch zwei Personen zu sein, sie sitzen in den Büros, deren Türen geschlossen sind. Er prägt sich die Größe des Schalterraumes ein und geht auf die Straße zurück. Seine Laune ist nicht die beste. Diese Bank zu überfallen, ist nichts für Feiglinge. Man benötigt lebensmüde Draufgänger, er ist weder das eine, noch das andere - jedenfalls nicht genug, um eine so gut gesicherte Bank auszurauben. Er ist skrupellos und ein guter Schütze, aber diese Bank? Er denkt an seinen Bruder, an Tom und an diesen Angeber, Desmond. Er glaubt nicht, dass er sie überreden kann, mitzumachen. Sam ist der Einzige, der auf ihn hören würde, das war Zeit seines Lebens so. Sam ist der Sklave und er ist derjenige, der ihm befiehlt.

Im Gemeindesaal soll an diesem Tag die Sitzung des Stadtrates stattfinden. Der Bürgermeister ist seit einigen Jahren ihr Schmied, Peter O'Connell. Die anderen Gemeindemitglieder sind Ben Nolan - der clevere Geschäftsmann und Inhaber des General Store, Mickey Callaghan - der Besitzer der Kupfermine in Madsen, außerdem Besitzer des Sägewerkes und Besitzer der Double-M Ranch. Das war früher Mark Baker gewesen, mit 72 Jahren hat er die Führung der Ranch in jüngere Hände gelegt und verbringt seine freie Zeit mit seinen Enkelkindern.

Ein wichtiges Thema der Gemeinderatssitzung ist zum wiederholten Male der Bau einer neuen Schule. Es sind so viele Kinder geboren worden, dass die bisherige aus allen Nähten platzt. Nicht zuletzt muss eine weitere Lehrkraft eingestellt werden. Bisher sind es Mister Parker und Susan O'Connell, die Frau des Bürgermeisters, die dieses Amt bekleiden.

Nach langem Ringen einigt man sich auf einen Neubau. Nicht zuletzt, weil Mickey zugesagt hat, das benötigte Holz kostenlos zur Verfügung zu stellen.

Mickey sitzt so, dass er aus dem Fenster sehen kann, wenn er sich ein wenig dreht. Die Angestellte des Rathauses, Mrs. Hubbard, berichtet über die Entwicklung des Ortes, die Anzahl zugezogener und der Einwohner insgesamt. Mickey findet das Thema nicht besonders interessant, seine Augen wandern zum Fenster und nehmen die Vorgänge auf der Straße auf. Ein Mann auf seinem Pferd fällt ihm auf. Der ist groß und kräftig, seine schwarzen Haare sind kurz geschnitten. Immer wieder reitet der die Straße entlang. „Kennt jemand den Mann, der auf dem schwarzen Gaul mit den vielen weißen Flecken?"

Die Mitglieder des Gemeinderates sehen jetzt auch auf die Straße. „Nein, den haben wir noch nie gesehen", ist die einhellige Ansicht.

Mickey und seine Kollegen wenden sich wieder dem Statistik-Bericht von Mrs. Hubbard zu. Bei Mickey bleibt ein unangenehmes Gefühl hängen, er spürt Gefahr in jeder Form. Es ist diese besondere Fähigkeit, wegen der er hier noch unbeschadet sitzt.

Tom und Sam sind vom Einkauf zurück. In der Zwischenzeit hat Desmond das freie Stück zwischen Haus und Stall ausgemessen und sich Gedanken über das benötigte Holz gemacht. Amanda hat dabei das Maßband gehalten und ihm interessiert dabei zugeschaut. Das Maßband ist lediglich eine Schnur, in der im Abstand von einem Yard (Schritt) ein Knoten geflochten ist.

„Wieso kannst du das alles?", fragt sie Desmond, der ziemlich fix im Kopfrechnen ist.

Der zuckt mit den Schultern. „Weiß ich nicht. Ich glaube, man lernt viel, wenn man immer aufmerksam zusieht, wie du jetzt zum Beispiel. Außerdem bin ich lange Jahre zu Schule gegangen, ich habe sogar ein paar Semester Medizin studiert."

Amanda ist schwer beeindruckt. „Dann könntest du Doktor Harper helfen, der ist mit seinen 65 Jahren nicht mehr der Jüngste."

Desmond notiert sich ein paar Zahlen auf einen Zettel. „Das ist gar keine dumme Idee, Amanda. Da komme ich bei passender Gelegenheit drauf zurück."

Am nächsten Tag reitet Rod wieder in die Stadt. Er hat zu der Arbeit auf der Ranch ohnehin keine Lust. Dieses Mal wird er von Tom begleitet, der will sich im Büro der Minengesellschaft nach Arbeit erkundigen.

„Hast du dir überlegt, ob du an einem Banküberfall teilnehmen möchtest?", fragt Rod ihn während des Rittes. „Es scheint nicht einfach, dafür ist aber sicher eine Menge zu holen."

Tom antwortet eine Weile nicht. Nachdenklich sieht er in die Ferne und lauscht den Geräuschen seines Pferdes. Die Hufe stapfen leise auf dem festen Sand, der den Untergrund des Weges bildet, das Pferd atmet und schnaubt mitunter. „Ich weiß nicht so recht, wohl eher nicht. Mir ist das Risiko erschossen zu werden, zu hoch. Außerdem – ich müsste von hier verschwinden, wieder flüchten, irgendwohin."

„Na gut", knurrt Rod eine knappe Antwort. Genau das hat er erwartet, dieser Kerl ist eine Pfeife, er hat es von Anfang an gewusst.

In der Stadt trennen sich ihre Wege. Tom geht zum Büro der Minengesellschaft, Rod reitet ein paar Schritte weiter zum Red Bull. Er will die Gäste aushorchen, vielleicht gibt es für seinen Plan, die Bank auszurauben, doch eine Lösung.

Im Büro der Minengesellschaft arbeiten zwei Buchhalter. Der jüngere steht in der Nähe der Tür und sieht von seinem Pult auf, als Tom eintritt. „Was kann ich für Sie tun, Gentleman?"

„Ich bin auf der Suche nach Arbeit. Ich habe gehört, dass in der Kupfermine in Madsen immer Leute benötigt werden."

Der Angestellte nickt dazu. Er ist etwa dreißig Jahre alt, er hat schwarze Haare, die glatt nach hinten gekämmt sind und trägt eine Nickelbrille mit runden Gläsern. „Da hat man Ihnen nichts Falsches erzählt, Sir. An Minenarbeitern sind wir immer knapp, das ist harte Arbeit."

„Das stört mich nicht", erwidert Tom. „Ich habe fünf Jahre als Goldgräber in der Nähe von Denver gearbeitet, das war auch kein Zuckerlecken."

„Das kann ich mir vorstellen. Ich könnte Ihre Bewerbung hier aufnehmen, ich schlage aber vor, sie fahren mit der Bahn nach Madsen und stellen sich direkt beim dortigen Betriebsleiter vor. Mit dem Pferd benötigt man vier Stunden, die Bahn fährt in einer Stunde dorthin."

„Das hört sich einfach an, ich werde wohl den Zug nehmen. Vielen Dank, Mister...äh."

„Harris, mein Name ist Harris, Sir."

„Mister Harris, Good Bye!"

Rod sitzt derweil im Red Bull an der Theke und nippt an einem Whisky. Sein Nachbar ist ein Gehilfe im General Store, er heißt Randie Ford.

„Wie geht's, Fremder?", fragt ihn der hagere Mann, sein breitkrempiger Hut ist dunkelbraun, mit einer Bordüre aus Silbertalern.

Rod muss jetzt den unschuldigen Neuling darstellen, um seinen Nachbarn zu redseligen Erläuterungen zu veranlassen. „Danke, wenig Arbeit und wenig zu essen. Ich gebe meinen letzten Dollar für dieses Gesöff hier." Er hebt sein Glas und kippt den Rest in sich hinein.

„Ja, es sind schlechte Zeiten, wir hier in Gillette sind noch verhältnismäßig gut dran."

„Das habe ich bemerkt, vorhin ist erst Geld zur Bahn gebracht worden."

„Ja, da staunt man. Das geht alle zwei bis drei Wochen so." Der Mann ahnt nicht, wie begierig Rod diese Information aufsaugt.

„Läuft der Minenbetrieb in diesem Bergwerksort so gut? Gold und Silber wird doch nirgends mehr gefunden."

„Nein, das mit dem Silber ist schon einige Jahre vorbei. Was man dort abbaut, ist Kupferkies, dieser Callaghan soll auf einem der größten Vorkommen in Nordamerika sitzen." Randie weiß Bescheid, er hat, bevor er von Ben Nolan eingestellt worden ist, ein Jahr selbst in dem Bergwerk gearbeitet. „Hast du eigentlich die elektrische Straßenbeleuchtung gesehen? Die hat uns der Callaghan spendiert, um Reklame für sein Kupfer zu machen."

„Das ist mir noch nicht aufgefallen, ich bin bisher nur bei Tageslicht hier gewesen."

„Ja, wir hier in Gilette haben mit dem Callaghan das große Los gezogen. Zur Einweihung waren jede Menge Reporter hier und haben staunend über die Erfindung von dem Edison berichtet, die hier mit viel Aufwand umgesetzt worden ist."

Rod wird dieser Callaghan ein wenig zu oft erwähnt. „Das ist wohl ein Wundertier, euer großer Wohltäter, was?"

„Na ja, er hat viel für das Tal getan, dabei ist er erst vor zehn Jahren als ganz normaler Cowboy zu uns gekommen. Aber du magst ihn mögen oder auch nicht, er ist der schnellste Mann mit dem Revolver, den ich kenne."

Rod brummt leise. So fix würde dieser Kerl schon nicht sein. Was soll's, er will diesem schnellen Schützen ohnehin nicht begegnen.

Die Tür geht auf, Tom kommt herein. „Ach hier steckst du, ich habe eben schon im Cattlemen's Palace nachgesehen."

„Hast du den Job?", erkundigt sich Rod.

„Nein, noch nicht. Aber ich schätze es aber als sicher ein, dass ich angestellt werde."

Rod gibt ein abfälliges Grunz-Geräusch von sich. „Na fein. Dann hast du dein Auskommen. Wie viel verdienst du denn da?"

„Das weiß ich noch nicht. Das erfahre ich wohl erst, wenn ich mich in der Mine vorstelle."

„Dann seh man zu, dass man dich nicht bescheißt. Ich hätte sonst noch etwas viel Besseres für dich." Er blickt zu seinem Nachbarn, den Verkäufer aus dem General Store. „Komm mal mit raus, ich hab dir was zu erzählen." Er wirft einen Blick zum Barkeeper. „Wir sind gleich wieder da!", dann tritt er mit Tom im Gefolge auf die Straße. Die Sonne scheint grell vom Himmel und erzeugt fast schmerzhaft harte Kontraste. Rod setzt sich mit Tom in den Schatten des Boardwalks und beginnt, sich eine Zigarette zu drehen. „Pass, auf, ich mache dir einen Vorschlag. Ich habe eine Idee, wie man den Transport der Gelder von der Bank zum Bahnhof ausrauben könnte."

Tom mustert ihn skeptisch und zündet seine Zigarette an. „Was hast du dir denn ausgedacht?"

Rods Blick folgt dem Rauch seiner Zigarette, er beginnt zu erzählen. Dann fragt er seinen Kollegen. „Was hältst du davon?"

„Das klingt ein wenig gefährlich. Wir zwei gegen drei bewaffnete Männer?"

„Das berücksichtigt doch mein Plan. Wenn wir eingreifen, hat nur der Kutscher eine Flinte. Die beiden Wachleute tragen die Kiste mit dem Geld in den Gepäckwagen."

„Und wenn das nicht so klappt, wie du dir das gedacht hast? Wir können ganz schön schnell tot sein."

„Tom, du bist ein Waschlappen."

„Besser ein lebendiger Waschlappen, als ein toter Geldräuber", entgegnet der ehemalige Goldgräber.

„Ich bleib noch eine Weile hier - was willst du machen?", fragt Rod.

„Ich werde zu eurer Schwägerin reiten, die Jungs dort können bestimmt Hilfe beim Bau des Zwischengebäudes brauchen." Tom steigt auf sein Pferd und reitet davon.

Rod sieht ihm verächtlich hinterher. Auf so einen Angsthasen wie den kann er gut verzichten. Der kneift nachher noch, wenn es gefährlich wird.

Die Arbeiten am Zwischenbau kommen gut voran. Sam hat sich als perfekter Zimmermann entpuppt und leitet jetzt die Bauarbeiten. Das Gerüst steht, jetzt sind er und Desmond dabei, das Dach mit Holzschindeln zu decken.

Johnny geht dabei den Erwachsenen zur Hand. Ihm gefallen die Männer. Sie können alles, sind mutig und scheinen keine Angst vor irgendetwas zu haben. Hochachtung empfindet er vor ihren Waffen. Wenn man damit so gut umgehen kann wie die, dann braucht man sich vor niemandem zu fürchten. Er ist stolz, dass er diesen Männern helfen darf.

Er stellt sich geschickt an und wird auch immer wieder gelobt. Seine Schwester befindet sich im Haus und hilft der Mutter bei der Zubereitung des Essens.

Rod kommt gut gelaunt aus Gillette zurück. Er pfeift ein Lied, von dem er den Text nicht kennt. Die Melodie liegt ihm im Ohr, es passt zu seiner gehobenen Stimmung. Er mustert den Fortschritt der Bauarbeiten. „Das sieht ja richtig gut aus", staunt er über den Anbau.

„Ja, das ist aber nicht dein Verdienst", kontert Desmond, der gerade auf der Leiter vom Dach steigt.

Rod murmelt etwas Unverständliches. Desmond hat Glück, dass er so gut gelaunt ist, früher oder später wird der für seine frechen Antworten büßen müssen.

„Noch eine Woche, dann sind wir fertig. Unsere Schwägerin kennt jemanden, der die beiden Fenster verglasen kann, dann ist unser Anbau perfekt", erklärt Sam seinem Bruder.

Rod lächelt verächtlich. „Schön, dass es bei euch so gut läuft. Macht nur weiter so, ich werde Geld besorgen. Dann können wir hier sowieso nicht bleiben, denn dann wird der Sheriff hinter uns her sein."

„Noch ist das wohl nur Träumerei. Mache dir lieber Gedanken darüber, wie wir unser neues Zuhause einrichten."

Rod mustert seinen Bruder spöttisch. „Das ist wohl alles, was du kannst. Ich dagegen habe einen Plan für den Geldraub parat." Er grinst übermütig, als er das Staunen im Gesicht von Sam bemerkt. „Ja, ich war nicht untätig, während ihr hier nur ein paar Nägel eingeschlagen habt." Er wendet sich ab. „Ich geh mal ins Haus, mal sehen, wieweit die Weiber mit dem Essen sind." Er tritt durch die Tür in das kleine Haus und folgt dem Duft in das Wohnzimmer.

Amanda steht vorm Herd und rührt nachdenklich in einer wohlriechenden Suppe. Licht scheint durch das kleine Fenster oberhalb des Herdes und bringt ihre rotbraunen Haare zum Leuchten. Rod bleibt einen Moment stehen und mustert überrascht das Mädchen. Sie sieht jetzt besonders hübsch aus, unter dem Kleid ahnt man knospende weibliche Formen.

Verdammt, jetzt überkommt ihn Sehnsucht nach einer Frau. Dieses junge Mädchen ist geradezu zum Anbeißen. „Hallo, Amanda, Kleines!", spricht er sie an.

Überrascht dreht sie sich um. „Ach du bist es, Onkel Rod."

Sie will sich wieder der Suppe zuwenden, da streckt er eine Hand nach ihrem Arm aus. „Komm doch mal her, Amanda, und gib deinem Onkel ein Küsschen."

Das geht ihr nun doch etwas zu weit, zumal Rod ihr nicht einmal sympathisch ist. „Nein, ich habe hier zu tun", erwidert sie abweisend.

Doch Rod hat Gefallen an dem Mädchen gefunden, er zieht sie zu sich heran und legt seinen Arm um ihre Schulter. „Nun stell dich doch nicht so an, ich will nur nett zu dir sein."

„Nein, lass deine Finger von mir!", schreit sie ängstlich.

Doch Rod beeindruckt das nicht. „Was für eine nette Wildkatze!", grinst er und greift nach ihrer Bluse.

„Was wird das denn? Lass sofort meine Tochter los, du Widerling!", ruft eine Stimme von hinten.

Rod dreht sich überrascht um, mit der Absicht, diesen Störenfried auszuschalten. Doch sein Blick fällt auf die Flinte, die seine Schwägerin in den Händen hält und genau auf ihn gerichtet hat.

„Wird's bald! Lass Amanda los, oder ich drücke ab. Ich zögere nicht, da kannst du sicher sein."

Rod blickt erbost in das dunkle Loch der Mündung, das nur zwei Schritte von ihm entfernt ist. Elisabeth macht nicht den Eindruck, als wenn sie scherzt. Er lässt das Mädchen los, dass sich sofort aus seinen Armen löst und zu ihrer Mutter flüchtet.

Seine Schwägerin zielt immer noch unmissverständlich auf Rod. „Verschwinde, und betrete nie wieder alleine mein Haus! Wenn ich dich noch einmal in der Nähe meiner Tochter sehe, schieße ich ohne Ankündigung!" Sie dirigiert ihn mit dem Lauf zur Tür hinaus.

Rod ist stinksauer. Jetzt muss er ausgerechnet vor einer Frau kuschen, das ärgert ihn besonders.

Von draußen kommen Stimmen. Samuel und Desmond haben offenbar ihre Arbeit beendet. „Was ist denn hier los?", durchschaut Desmond zuerst die Situation.

„Euer Kumpel Rod wollte sich an meiner Tochter vergreifen. Wenn er das noch einmal versucht, hat sein letztes Stündlein geschlagen!", faucht Elisabeth. „Passt auf euren Kollegen auf, oder ihr müsst alle vier verschwinden, so wahr ich hier stehe."

Die Männer sehen ihren Weggenossen an. „Was machst du denn für Sachen, Rod?", wundert sich sein Bruder. „Wir wollen hier wohnen bleiben, und du machst sowas!"

Rod antwortet nicht. Zornig stapft er an ihnen vorbei. Wenn er den Geldraub hinter sich hat, kann er sich hier ohnehin nicht mehr blicken lassen, dann kann er sich auch ohne Bedenken an dem Mädchen vergreifen.

Das Essen ist fertig. Die Kinder nehmen das Mahl so wie sonst auch, in ihrem Zimmer ein. Die Männer sitzen mit Elisabeth an dem Tisch im Wohnzimmer. Die kleine Stube ist wie immer bei diesen Gelegenheiten rappelvoll.

„Wie lange mag es noch dauern, bis euer Anbau fertig ist?", fragt Elisabeth Sam, den Leiter der Zimmermannsarbeiten.

Der nimmt den letzten Schluck und legt den Löffel hin. „Du kannst es nicht abwarten, dass wir aus deinem Häuschen verschwinden, oder?" Er lacht. „Ein wenig eng ist es schon. Ich denke, es wird noch zwei Wochen dauern. Das Dach wird morgen fertig, wir haben in Johnny schließlich einen tüchtigen Helfer."

„Das ist doch schön, dass er euch helfen kann."

„Ja, er stellt sich sehr geschickt an. Wir sind froh, dass wir ihn haben", ergänzt Desmond.

Rod sagt dazu nichts, er findet Tischgespräche schon immer langweilig, es ist immer nutzloses Gerede. Er steht auf und drängelt sich an seinen Kumpanen vorbei nach draußen.

„Ich bin froh, dass er draußen ist", setzt Elisabeth das Gespräch fort. „Er war mir schon von Anfang an unheimlich, nun hat sich gezeigt, dass man vor ihm auf der Hut sein muss."

„Ich werde auf ihn achten, damit er kein Unheil anrichtet", bietet sich Desmond an.

„Ja, ich beschütze dich auch, Elisabeth, du bist schließlich meine Schwägerin", ergänzt Sam.

„Danke, dass tut mir gut. Ich kann nicht immer auf ihn achten, außerdem bin ich eben nur eine Frau."

***

Thomas Bancroft fährt mit der Bahn in die Minenstadt Madsen. Nervös sitzt er auf der harten Holzbank und blickt aus dem Fenster. Gleichförmig zieht die Landschaft dahin, die Gegend wird immer bergiger, schroffe Felsen mischen sich immer öfter zwischen die grünen Hügel.

Die anderen Reisenden sind ausschließlich Männer. Einige sind wahrscheinlich Kaufleute, man erkennt es an der teuer scheinenden Kleidung. Andere sind offenbar Arbeiter, ein derber Zwirn bedeckt knochige Gestalten. Er setzt sich zu ihnen. „Guten Tag, meine Herren. Darf ich Ihnen Gesellschaft leisten?"

„Klar doch, setz dich zu uns." Sie mustern Tom und versuchen, in den vielen Haaren die verschmitzten, blauen Augen zu erkennen.

„Erzähl mal, wie heißt du und was willst du in Madsen?", fragt ein baumlanger, junger Mann in einer Jeans und einer braunen Lederjacke.

„Ich heiße Thomas Bancroft. Ich hoffe, dort Arbeit zu finden."

„Das dürfte klappen. Was hast du denn bisher gemacht?", fragt ein anderer aus der Gruppe.

„Ich habe früher in Denver nach Gold gegraben, seitdem halte ich mich mit Gelegenheitsarbeiten über Wasser."

„Du findest bestimmt Arbeit, wir drücken dir die Daumen."

Die netten Mitreisenden haben Recht gehabt. Als Tom zwei Stunden später das Personalbüro der Wyoming Copper Company verlässt, hat er einen Arbeitsvertrag in der Tasche. Der Lohn ist auch gut, dafür erwartet ihn schwere Arbeit.

Er hat bis zur Abfahrt noch drei Stunden Zeit, die verwendet er, um sich seine zukünftige Umgebung anzusehen. Der Ort ist vor neun Jahren entstanden, es gibt ein paar Geschäfte, mehrere Saloons und Wohnhäuser für die Arbeiter. Er hat eine Adresse dabei, im Haus Nummer 14 wäre ein Bett frei, das will er sich ansehen.

Es ist ein Haus aus Holz, wie alle anderen hier. Er öffnet die Tür und tritt ein. Von einem dunklen Flur zweigen vier Zimmer ab. Er kann sich noch an die Angaben des Schreibers erinnern, ‚Zimmer 2' hat er im Ohr. Er sucht nach der Tür mit der Nummer, klopft an und tritt ein. Es ist fast leer, ein Bett von vieren ist belegt. Ein Mann liegt darin und schnarcht leise. Ein Bett ist nicht bezogen, das ist sicher das, was er in den nächsten Tagen benutzen soll.

Man hat ihm erklärt, dass sich je vier Arbeiter ein Zimmer teilen, es gibt eine gemeinsame Toilette und eine Küche. Die Miete wird vom Lohn einbehalten. Außerdem sind sie verpflichtet, nur im General Store der Gesellschaft einzukaufen. Er kann nicht wählerisch sein, so ist es noch ganz akzeptabel.

Mit dem Zug fährt er später nach Gillette zurück. Sein Pferd hat er im Livery Stable untergestellt, auf dem reitet er nun zurück zum Haus von Elisabeth Bishop.

***

Desmond und Sam sind im Sägewerk, sie wollen sich noch etwas Holzreste für den Bau eines Tisches und einer Bank holen. Sie sind mit dem Einspänner von William Northstoke gekommen, dem Nachbarn von ihrer Schwägerin. Gemeinsam laden sie das Holz auf, plötzlich schallt ein furchtbarer Schrei über den Platz.

Ein Arbeiter hat beim Abschlagen der Äste offenbar seinen Kollegen getroffen. Er war während des Ausholens gestolpert und konnte den Schlag nicht mehr richtig führen. Der Mitarbeiter liegt nun am Boden, aus einer riesigen Wunde am Oberschenkel strömen große Mengen Blut.

Desmond stürzt zusammen mit anderen Arbeitern aus der unmittelbaren Umgebung dorthin. „Wir müssen die Blutung stillen!", ruft er. „Ich brauche ein Stück Seil!"

Jemand aus der Gruppe reicht ihm sein Stück Band, das zum Bündeln von Zweigen Verwendung findet. Desmond und sein Freund Sam sind bei den Arbeitern inzwischen gut bekannt, dazu kommt, dass sein jetzt entschlossenes Auftreten den Männern Respekt abnötigt. Ohne viel

Fragen oder Erklärungen reicht man ihm das Gewünschte. Er mustert es kurz, es passt. Die Länge geht, außerdem ist es dünn und geschmeidig.

Er bindet das Bein oberhalb der Wunde ab, er zieht den Knoten immer fester, bis die Blutung versiegt. „Er muss zum Arzt. Ist der nächste der Doktor Harper in Gillette?"

Einige Männer murmeln. „Ja, er ist der einzige in der ganzen Gegend."

„Mist, die Wunde muss so schnell wie möglich behandelt werden. Ich werde ihn mit unserem Wagen zum Arzt bringen, das wird leider eine Weile dauern." Mit Sams Hilfe legt er den Verwundeten auf den Einspänner, er setzt sich neben ihn, um ihn während der Fahrt zu stützen, sein Freund klettert auf den Sitz und lässt das Pferd antraben.

Inzwischen ist der Verletzte ohnmächtig geworden und bekommt von dem Rütteln und Poltern des Wagens nichts mehr mit. An der Farm von Elisabeth hält Desmond kurz an, um eine Nachricht zu hinterlassen. Doch sie ist nicht da, Johnny kommt und berichtet, dass seine Mutter bei einer Nachbarin beim Melken aushilft. Dafür erhält sie als Lohn etwas von der Milch, das ist gut, weil ihre eigenen vier Kühe für die vielen Personen nicht genügend Milch geben.

Amanda kommt dazu, sie hat bis eben die Hühner gefüttert. Als sie erfährt, dass die Männer zum Arzt wollen, möchte sie mit. „Ich möchte gerne helfen, irgendetwas gibt es auch für ein Mädchen zu tun. Außerdem möchte ich nicht mit Onkel Rod alleine bleiben."

Desmond hebt eine Augenbraue, da ist offenbar etwas, wo er nachhaken sollte. „Gut, steig zu deinem Onkel Sam auf den Sitz, ich bleibe hier hinten bei dem Verwundeten."

Und weiter geht die Fahrt, so schnell, wie das Pferd laufen kann und der Verletzte gleichzeitig nicht zu stark durchgeschüttelt wird.

Nach etwa einer Stunde haben sie Gillette erreicht. Amanda weist Sam den Weg zum Arzt, damit macht sie sich bereits nützlich. Doktor Harper wohnt im Callaghan Drive, gemeinsam mit anderen Honoratioren des Ortes. Ein weiß gestrichenes Holzhaus mit einem kleinen Vordach über dem Eingang ist von üppig blühenden Hartriegelsträuchern umgeben.

Während die beiden Männer den Verletzten vom Wagen heben, läuft sie zur Tür und klopft. Einmal, zweimal, dann lauter. „Der Doktor scheint nicht zu Hause zu sein, was machen wir jetzt?"

„Laufe zu den Nachbarn, vielleicht wissen die, wo er ist. Ich werde mal sehen, ob die Tür offen ist."

Amanda eilt mit wehendem Rock zu dem Nachbarn zur Linken, Desmond geht zur Tür und drückt die Klinke hinunter. Es ist offen, es war auch nicht anders zu erwarten, kaum eine Tür hat überhaupt ein Schloss. Es gibt kaum Diebe, außerdem sind viele der Bewohner bewaffnet.

„Komm, Sam, lass uns den Mann schon mal hineintragen, vielleicht kommt der Doktor gleich." Sie transportieren den Verletzten hinein. Das Haus ist gemütlich eingerichtet, man bemerkt jedoch deutlich das Fehlen eines weiblichen Einflusses, der Doktor ist seit über zehn Jahren Witwer.

Hinter der zweiten Tür, die Sam probiert, befindet sich die Praxis des Arztes, die beiden Männer schleppen ihren Verwundeten hinein und legen ihn auf den Behandlungstisch.

Er stöhnt leise, er öffnet die Augen und sieht erstaunt auf Desmond und Sam. „Wo bin ich?" Dann jammert er laut, die Schmerzen machen sich bemerkbar.

Amanda kommt herein. „Der Doktor ist im Tal zu einer Entbindung. Mister Fuller wollte einen Boten schicken, der ihn informiert."

„Hm,", brummt Desmond. „Das kann dauern, das ist allerdings zu lange, ich werde ihn auf eigene Faust operieren."

Sam und Amanda sehen Desmond mit großen Augen ungläubig an. „Du willst WAS??"

„Habt ihr das vergessen? Ich habe vor ein paar Jahren in Austin Medizin studiert, ich habe aber nach dem vierten Semester abgebrochen." Er sieht sich um. „Ich brauche Morphium und eine Spritze, sonst bekomme ich den Mann nicht zur Ruhe. Außerdem Nadel und Nahtmaterial. Amanda, du kannst schon mal einen kleinen Topf mit Wasser aufsetzen, wir müssen die Instrumente sterilisieren."

Einen Moment später hört er die Pumpe in der Küche – das Mädchen ist gut zu gebrauchen. „Du kannst mir beim Suchen helfen, Sam. Ich brauche eine Nadel zum Nähen." Er nimmt eine Flasche von einem Regal. „Das ist schon mal der Faden, sobald das Wasser kocht, fangen wir an."

„Was ist meine Aufgabe dabei?"

„Deine wichtigste Aufgabe ist es, auf den Mann aufzupassen. Er sollte möglichst stillhalten, solange ich nähe. Von den Schmerzen bekommt er nicht viel mit – also: festhalten wird genügen."

Amanda blickt herein. „Das Wasser ist soweit."

„Gut gemacht, meine Kleine." Er legt ein Skalpell, ein paar Nadeln, eine Schere und eine Pinzette in ein Sieb und geht damit hinter Amanda her in die Küche. Er hält dort das Sieb ein paar Minuten in den Wasserdampf. „So, das ist nicht viel, aber mehr Zeit haben wir nicht." Er zieht mit der Pinzette einen halben Meter Nahtmaterial aus der Flasche mit dem Desinfektionsmittel, fädelt es in die Nadel und beginnt zu nähen. Es herrscht atemlose Stille. Amanda und Sam beobachten ihn fasziniert.

Eine Viertelstunde später ist die Wunde verschlossen, auch die abgerissene Arterie hat er mit einem feineren Faden und einer dünneren Nadel vernäht. Vorsichtig öffnet er die Abbindung. „Das sieht noch gut aus, es gibt lediglich ein paar blaue Flecken und Druckstellen, die werden bald verschwinden."

„Das hast du alles im Studium gelernt?", fragt Sam, ehrlich bewundernd.

„Ja, es hat mir damals gut gefallen, deshalb habe ich aufgepasst und mir viel merken können. Sogar bis zu Übungen an toten Tieren sind wir gekommen."

Vom Eingang kommen Geräusche, es ist der Doktor, Desmond geht auf ihn zu. „Mein Name ist Desmond Gould, das ist Samuel Bishop und seine Nichte Amanda. Wir haben uns erlaubt, ihre Praxis zu benutzen. Ein Arbeiter aus dem Sägewerk hatte eine schwere Verletzung am Oberschenkel."

Doktor Harper mustert die kleine Schar skeptisch. „Konnten Sie nicht auf meine Rückkehr warten? Wer weiß, was Sie vielleicht alles zerstört haben. Ich sehe mir den Patienten mal an." Ein Blick von ihm scheucht die Eindringlinge beiseite, mürrisch geht er an ihnen vorbei in seine Praxis. Der Verletzte öffnet gerade wieder die Augen, ein Klagelaut ist von ihm zu hören.

Der Arzt beugt sich zu der Wunde hinunter, die mit sauberen Stichen vernäht ist. „Hut ab, das sieht sehr professionell aus. Was ist mit der arteria femoralis? Die war doch sicher auch durchtrennt worden?"

„Das stimmt, ich habe sie ebenfalls vernäht."

„Alle Wetter, das Vernähen von Arterien ist nicht einfach. Sagen Sie, wieso können Sie das, und wieso weiß ich nichts davon, dass wir so einen guten Chirurg bei uns im Tal haben?"

Amanda mischt sich ein. „Doc, sehen Sie sich doch bitte unseren Kranken an, er wird immer lebendiger."

„Oha. Vielen Dank für die Erinnerung, junge Dame. Neben unserem interessanten jungen Mann habe ich den Patienten einen Moment vergessen." Er wendet sich kurz an Desmond, bis er sich wieder um den Verletzten kümmert. „Machen Sie mir die Freude und bleiben Sie doch noch auf eine Tasse Tee."

„Danke, das machen wir gerne." Desmond blickt Sam an. „Wie sieht es bei dir aus, hast du noch etwas Zeit?"

„Klar, ich habe heute nichts mehr vor."

Der Verletzte muss sich noch einen Moment gedulden. Der Arzt legt einen Verband um die Wunde, dann darf er sich aufrichten.

„Wenn Sie sich nachher noch gut fühlen, können Sie transportiert werden. Ich nehme an, dass ihre Begleiter Sie zu Ihrer Familie bringen werden. Wo wohnen Sie denn?"

Der Mann hat sich inzwischen als Elia Johnson vorgestellt. „Ich wohne etwa auf der halben Strecke zwischen dem Sägewerk und Gillette. Meinem Bruder gehört die Farm dort."

„Wir nehmen dich auf dem Rückweg mit – wenn du transportfähig bist", schlägt Sam vor.

Aus der Küche ertönt ein Pfeifen, es ist der Flötenkessel, der das Sieden des Wassers anzeigt.

„Ich mach das schon", ruft Amanda und eilt in die Küche.

„Ein pfiffiges Mädchen", sinnierend blickt der Arzt dem Mädchen hinterher. „Ich werde ihr helfen, sie kennt sich doch in meiner Küche nicht aus.

Einen Moment später kommt der Doktor mit Amanda zurück. „Einen Moment noch, der Tee ist in wenigen Minuten soweit." Er blickt Desmond an. „Warum verstehen Sie so viel von Medizin?"

„Das ist eine lange Geschichte, ich will mich kurzfassen. Ich habe früher in Austin in Texas gelebt, ich bin dort auf der High-School zur Schule gegangen. Nach der Schule habe ich begonnen, an der Universität Medizin zu studieren."

„Sie haben es offensichtlich nicht beendet, oder?"

„Nein, leider. Ich habe vier Semester lang studiert, da hat sich meine Mutter mit einem anderen Mann eingelassen. Mein Vater hat das nicht verkraftet und ist irgendwohin abgehauen. Mit dem Freund meiner Mutter kam ich gar nicht klar, der war gemein und hat mich schikaniert, wo er nur konnte. Ich hab' das Studium hingeschmissen und Austin verlassen, das hätte mit der fehlenden Unterstützung ohnehin nicht mehr lange funktioniert."

Der Doktor geht in die Küche und kehrt mit einem Tablett, auf dem vier Tassen und eine Kanne stehen, zurück. „So, meine Herren, der Tee. Vielen Dank an meine kleine Helferin." Er schenkt ein und sieht Desmond wieder an. „Wie kommen Sie in diese Gegend? Das ist von Texas doch über eintausend Meilen entfernt."

„Mit einem Longhorn Trail bin ich später von San Antonio nach Wichita gekommen. Anschließend bin ich umhergezogen und habe von Gelegenheitsarbeiten und Diebereien gelebt. Mein Freund, Sam Bishop, hat hier eine Schwägerin. Deshalb hat es uns hierher verschlagen." Dass er im Gefängnis gesessen hat und danach an drei Überfällen beteiligt war, muss der Doktor nicht wissen.

„Elisabeth Bishop? Ja, die kenne ich gut, ich wurde zu ihrem Mann nach dem schweren Unfall gerufen." Er seufzt. „Das sind inzwischen schon wieder vier Jahre her." Er blickt zu Amanda. „Du bist also die Tochter von Frau Bishop. Hast du nicht noch einen Bruder?"

„Ja", spricht sie leise, aber mit klarer Stimme. „Mein Bruder Johnny ist zwei Jahre jünger. Ich bin nur mitgekommen, weil ich helfen wollte."

„Ich habe angenommen, du bist die Freundin von unserem angehenden Arzt und hast ihn deshalb begleitet", der Doktor grinst."

Amanda wird ein wenig rot. „Wie kommen Sie denn darauf?"

„Na ja, weil du unseren jungen Mann so offensichtlich bewunderst." Er lacht über ihr überraschtes Gesicht. „Das ist kaum zu übersehen!"

Desmond sieht erstaunt zu ihr. Bisher hat er keine Gelegenheit gehabt, Amanda mehr als einen kurzen Blick zu widmen, sodass ihm ihre Anerkennung nicht aufgefallen war. Die blickt auf den Boden und sagt nichts mehr. Gut sieht sie aus, das hat er bisher kaum wahrgenommen. Die kastanienfarbenen Haare und das hübsche Gesicht hat sie von der Mutter.

Jetzt blickt sie schüchtern zu Desmond. „Der Doktor hat zu viel Phantasie, das stimmt gar nicht."

Der Doktor trinkt seinen Tee aus. „Ich sehe mal nach unserem Patienten. Wenn es ihm gut geht, können Sie ihn mit nach Hause nehmen."

Eine Stunde später holpert der kleine Wagen über die Brücke über den Brazos River. Eine weitere halbe Stunde haben sie die Farm von Abraham Johnson erreicht, dem älteren Bruder von Elia. Sam lenkt das Gefährt vor die Tür des schlichten Hauses.

Abraham, ‚Abe‘, hat bereits vom Unglück seines Bruders gehört. Er ist heilfroh, dass es ihm den Umständen entsprechend gut geht.

„Es immer damit zu rechnen, dass eine Entzündung auftritt. Wir wollen es natürlich nicht hoffen, aber wenn wir Pech haben, verliert er sein Bein doch noch", erklärt Desmond. „Wenn die Wunde rot und heiß werden sollte, müssen Sie mich oder dem Doktor Bescheid geben."

Sie geben den Wagen und das Pferd bei William Northstoke ab. Rod und Desmond haben ihre Pferde dort zurückgelassen und reiten nun zurück zu der Farm von Elisabeth Bishop. Amanda sitzt vor Desmond auf dessen Pferd und hält sich an ihm fest. Schüchtern vermeidet sie es, ihn anzusehen.

Er bemerkt es. „Nun sieh mich doch an, Amanda. Ich beiße nicht. Erzähl mir lieber, was für ein Problem du mit Rod hattest."

„Er wollte etwas von mir. In letzter Sekunde kam meine Mutter dazu und hat ihn davon abgehalten. Seitdem achte ich immer sehr genau darauf, wo er sich gerade befindet."

„Rod also, das passt irgendwie zu ihm. Ich werde ebenfalls ein Auge auf ihn haben, du kannst mich gerne rufen, wenn du dich bedroht fühlst." Er sieht sie näher an, wie sie so direkt vor ihm sitzt. Rod hat erkannt, dass sie kein Mädchen mehr ist und wollte sich an ihr vergreifen. Er wird sich ihn mal vornehmen müssen und ihn darauf hinweisen, dass er nicht nur die Flinte von Elisabeth, sondern auch seinen Revolver zu fürchten hat.

„Du brauchst dir keine Sorgen zu machen, ich werde immer auf dich achten." Er lächelt sie an. „Du hast Rod gefallen, das ist kein Wunder. Du bist hübsch, weißt du das eigentlich?"

Sie blickt wieder schüchtern nach unten. „Nein, das ist mir bis jetzt nicht bewusst gewesen", antwortet sie leise.

„Du bist jetzt 16 Jahre, in dem Alter sind viele Mädchen doch schon verheiratet."

Sie zuckt mit den Schultern. „Keine Ahnung, vielleicht hatte ich nur keine Gelegenheit, einen Freund kennenzulernen."

Die etwa eine Meile lange Strecke haben sie hinter sich gebracht, sie reiten auf den Hof der Farm von Elisabeth Bishop. Johnny kommt ihnen entgegengelaufen. „Hallo, schön, dass ihr wieder da seid. Lebt Mister Johnson noch?" Er hilft seiner Schwester beim Absteigen.

„Weißt du, wo Rod ist?", fragt Sam den Jungen.

„Nö, keine Ahnung. Es gab kurz nach Mittag Streit mit meiner Mutter, danach ist er fortgeritten. Ich glaube, er sitzt in einem Saloon in Gillette und betrinkt sich."

Von Elisabeth erfahren sie später mehr. Danach hat Rod versucht, ihr unter den Rock zu greifen. „Ich habe mich losgerissen und mir die Flinte genommen. Seit dem Tag, an dem er sich an Amanda heranmachen wollte, ist die immer in meiner Nähe und geladen."

„Wir müssen etwas mit Rod machen", wendet sich Desmond an Sam. „Wir haben hier so etwas wie ein Zuhause gefunden und er benimmt sich wie ein Idiot. Ich denke, ich werde ihn mir zur Brust nehmen, wenn er heimkehrt."

„Pass bloß auf. Wenn Rod betrunken ist, ist er gefährlicher als ein verletzter Puma", warnt ihn Sam.

„Keine Sorge, ich bin erheblich jünger und im Gegensatz zu ihm klar bei Verstand. Ob er wirklich so schnell mit seinem Revolver ist, wage ich zu bezweifeln. Vielleicht war er das mal, das ist wohl schon zwanzig Jahre her."

Es mag etwa Mitternacht sein, Sam und Desmond liegen im Stroh und schlafen schon eine Weile. Es klappert eine Tür, eine Männerstimme spricht mit sich selbst.

Es ist Rod, er torkelt zu ihnen in den Stall. „Hallo, Jungs! Schlaft ihr schon?" Er ist stockbetrunken.

„Halt deinen Sabbel, wir wollen schlafen!"

Rod antwortet nicht, er lallt ein paar unverständliche Worte, sackt dann komplett angezogen in das Stroh und schläft auf der Stelle ein.

Am nächsten Morgen gibt es wieder Frühstück. Alle sind dabei, lediglich Rod schläft noch. Es gibt Brot mit Butter und Aufstrich, wie Wurst und selbstgefertigte Marmelade. Mit Kaffee wird gespart, der ist teuer, so muss heute Morgen Brennnesseltee genügen, die Blätter dazu hat Johnny vor einer Woche gesammelt.

„Ich habe gehört, dass du Elias Wunde genäht hast. Ich finde das großartig. Hast du schon mal überlegt, dich als Arzt zu betätigen?", schlägt Elisabeth vor. „Doktor Harper ist bereits alt und der einzige Mediziner im Tal. Ein weiterer Arzt hätte ganz sicher gut zu tun."

„Danke für das Vertrauen. Mein Problem ist, dass ich kein abgeschlossenes Medizinstudium habe, sondern nach dem vierten Semester abgebrochen habe", erklärt Sam seine Zurückhaltung.

„Das scheint mit nicht sehr stichhaltig zu sein. Ich meine gehört zu haben, dass unser Doc auch nicht zu Ende studiert hat."

„Warte doch ab. Diese Geschichte wird sich im Tal verbreiten, dann kommen die Patienten ganz von alleine", wagt Sam eine Prognose.

Es poltert an der Tür, Rod Bishop tritt ein. „Habt ihr noch was zu essen?", fragt er mürrisch.

„Es ist noch etwas Brot da und etwas Käse. Die Wurst ist alle, du kannst auch von der Marmelade nehmen", listet Elisabeth den Bestand auf.

„Marmelade ist etwas für Kinder. Hast du Schinken?"

„Dann hätte ich das gesagt, der ist schon vor zwei Tagen aufgegessen worden."

„Hm." Rod riecht an der Kanne mit dem Tee. „Was ist das denn? Das riecht ja fürchterlich. Hast du keinen Kaffee?"

„Ich betreibe hier keine Gaststätte. Du musst dich mit dem begnügen, was ich habe. Du könntest dich auch mal einbringen, indem du auch einmal zum Einkaufen fährst, dann hättest du das, was du möchtest", setzt sie ihm den Kopf zurecht.

„Elisabeth hat recht", unterstützt Sam seine Schwägerin. „Du machst gar nichts und willst immer nur bedient werden."

Rod dreht sich zu seinem Bruder und blickt ihn zornig an, seine Nase ist keinen Fuß von dessen Gesicht entfernt. „Sei nicht so mutig, kleiner Bruder. Ich bin nicht in der besten Stimmung für deine Frechheiten."

Desmond hat sich den Disput angehört, jetzt reißt ihm der Geduldsfaden. „Wenn du nicht bald deinen Unmut zügelst und dich als Gast benimmst, dann lernst du mich kennen!"

„So, was passiert dann?", drohend richtet sich Rod auf, offenbar nicht gewillt, nachzugeben."

„Verschwindet alle aus dem Haus, ich will hier diesen Streit nicht haben!", Elisabeth zittert vor Wut und Ärger. „Wenn du dich nicht einordnen willst, Rod, dann wirst du hier verschwinden müssen!"

Rod springt mit einem Ruck auf, der Stuhl poltert zu Boden. „Macht doch, was ihr wollt. Ich habe erst einmal die Nase voll!" Er stürmt nach draußen, kurz darauf hört man ihn davonreiten.

„Was ist eigentlich mit deinem Bruder los?", sorgt sich Elisabeth. „Der wird immer unausstehlicher."

„Tja, da kommen wohl manche Dinge zusammen. Zum einen war er immer schon schwierig. Und nun läuft

140

es nicht so, wie er es gerne hätte. Er ist kein Farmer, sondern lieber Cowboy. Außerdem lässt er sich nicht gerne befehlen, also wird er kaum eine Stellung bekommen. Er ist einer der letzten Outlaws dieser Zeit und kann nicht begreifen, dass die Abenteuer zu Ende gehen." So philosophisch ist Sam selten.

„Du magst deinen Bruder, nicht wahr?", fragt seine Schwägerin und mustert ihn nachdenklich.

„Er tut mir irgendwie leid. Er passt nicht mehr in diese Welt, er ist aber nicht in der Lage, sich zu ändern. Er will mich seit zwei Wochen überreden, an einem Überfall auf die Lohngelder der Wyoming Copper Company mitzumachen. Bisher bin ich standhaft geblieben."

„Um Gottes Willen! Du wirst doch nicht eines Tages schwach werden?", sorgt sich seine Schwägerin. Sie greift nach seiner Hand und drückt sie. „Du würdest mir fehlen, denn das geht immer schlecht aus. Du wirst entweder erschossen, oder du musst verschwinden."

Jetzt grinst Sam. „Ich würde dir fehlen - soso."

„Ach, weißt du. Euer Bruder ist seit vier Jahren tot, Jetzt kommt ihr und du bist ihm so verdammt ähnlich, nur zwei Jahre jünger."

Desmond lacht. „Ich glaube, ich gehe lieber, ich könnte euch stören!"

Sam wirft mit einem Lappen nach ihm, dem Desmond geschickt ausweicht.

***

Rod reitet wie fast jeden Tag nach Gillette. Sein Ziel ist auch dieses Mal der Saloon am Bahnhof, der »Go Lucky«. Es ist kurz vor Mittag, er setzt sich an die Theke, seine Blicke suchen nach dem Barkeeper. „Sag mal, hast du Pat schon gesehen?"

141

Der Mann mit dem ständig traurigen Gesicht wischt sich die Hände am Handtuch ab, das im Band seiner Schürze steckt. „Meinen Sie Patrick Stevenson?"

„Ja, natürlich. Ich meine den Kerl, mit dem ich hier schon gestern gesessen habe."

„Ich kann mir nicht alle Gäste merken, und nein - ich habe ihn heute noch nicht gesehen."

„Na gut. Er wird wohl noch kommen, wir sind nämlich verabredet. Gib mir zuerst ein Glas Whisky."

Der Saloon füllt sich immer mehr, Rod wartet seit über einer Stunde auf seinen Bekannten, da trifft der endlich ein.

„Da bist du ja schon. Ich warte seit einer Stunde auf dich."

„Das ist nicht meine Schuld. Ich habe gesagt, ich komme sobald ich kann." Patrick Stevenson hat eine stämmige Figur. Dunkle, ungepflegte Haare und ein ebensolcher Bart bestimmen sein Aussehen. Er hat zuletzt von Gelegenheitsarbeiten gelebt, davor war er Minenarbeiter in Madsen gewesen, bis man ihn vor einem Jahr entlassen hat – er hat einen Kollegen bestohlen, so etwas wird dort gar nicht gerne gesehen.

„Ich habe gedacht, ich erkläre dir den Weg des Geldtransportes zum Bahnhofes, und worauf wir achten müssen. Beim nächsten Transport schnappen wir uns das Geld und dann – reiten wir davon, über alle Berge. Wir müssen das nur zügig durchziehen, bis die in diesem verschlafenen Nest mitbekommen haben, was passiert ist, sind wir auf und davon."

Patrick nickt. „Sehr gut, es wird Zeit, dass ich wieder zu Geld komme – vielen Dank für den Whisky – das ist mir das Risiko wert."

„Wenn wir das richtig anfangen, gibt es kein Risiko."

Die beiden Gauner gehen auf die Straße hinaus, ihr Ziel ist die Bank. Dort beschreibt Rod seinem Bekannten und künftigem Komplizen, wie der Geldtransport abläuft und wie er sich den Raub vorstellt.

Mickey Callaghan ist bei seinem Freund, dem Schmied Peter O'Connell, zu Besuch. Bei seinem Pferd Brighty hat sich ein Hufeisen gelöst, das nun wieder neu befestigt wird.

„Hält das jetzt länger? Das vorige Eisen hast du wohl sehr schlampig befestigt", neckt Mickey seinen Freund.

„Pass auf, was du sagst. Ich bin immer noch der kräftigste in der Gegend", antwortet der und hält ihm seine mächtige Faust vors Gesicht. Sie sind froh, dass sie sich nach kurzer Zeit der Trennung wiedergefunden haben, nun ist ihre Freundschaft besser als je zuvor. Es läuft alles gut für sie, in Peters Schmiede gibt es viel zu tun, sein Gehilfe nimmt ihm jedoch viel Arbeit ab und hilft ihm dadurch, seine Aufgabe als Bürgermeister besser ausfüllen zu können.

„Was macht dein Sohn?", fragt Peter.

Mickey lächelt. „Daniel ist jetzt ein halbes Jahr alt und wird von seinen älteren Schwestern und meinem Schwiegervater nach allen Regeln der Kunst verwöhnt."

„Als einziger Junge wird er noch verzärtelt werden. So ein harter Bursche wie sein Vater wird er dann kaum werden", scherzt sein Freund.

„Das macht nichts, die Hauptsache ist doch, dass er gesund bleibt." Mickey blickt zur Straße, dort gehen Patrick und Rod gerade vorbei. „Sag mal, kennst du die beiden? Irgendetwas stimmt nicht mit denen."

Der Blick des Schmiedes folgt dem seines Freundes. „Der eine hat mal in Madsen gearbeitet, bis man ihn entlassen hat, der andere ist ein Bruder von Elisabeth Bishop. Ich muss dir recht geben, wegen zu viel Fleiß sind die beiden noch nicht aufgefallen."

„Ich gehe den beiden mal nach, wir sehen uns nachher noch, pass gut auf meinen Brighty auf." Mickey Callaghan erhebt sich und schlendert in ausreichender Entfernung den Männern hinterher.

Rod geht mit seinem Kumpel zur Bank, er steht auf der Gegenseite auf dem Boardwalk und erklärt ihm, wie die Kiste mit den Lohngeldern aufgeladen wird. „Von hier fährt der Wagen zum Bahnhof. Der Kutscher ist bewaffnet, sowie die beiden Wachleute."

„Was für Waffen haben die denn?"

„Der Kutscher hat eine Flinte, die Bewacher haben beide eine Winchester", erklärt Rod.

„Das sind zwei gegen drei. Warum glaubst du, dass das klappen kann?"

„Mir wäre es auch lieber, wir wären noch einer mehr. Aber mein Bruder Sam, diese Pfeife, der will nicht mitmachen." Er ist stinksauer auf ihn, selbst auf seinen massiven Druck hin hat er nicht nachgegeben. Schuld daran ist Elisabeth mit ihrem hübschen Gesicht. Den Gedanken, dass Sam hauptsächlich wegen der Aussicht auf ein solides Leben, ohne ständige Flucht und die Sorge, doch irgendwann erschossen zu werden, sich entschlossen hat, nicht wieder straffällig zu werden, lässt er erst gar nicht aufkommen. Das gilt auch für ihn selbst, aber solche Gedankengänge sind etwas für Feiglinge. So konzentriert er sich auf seinen Plan und fährt mit seinen Erklärungen fort. „Am Bahnhof sind wir zu zweit einen kurzen Moment im Vorteil, das nutzen wir aus. Du wirst sehen, das geht ruckzuck."

Sie gehen wieder zurück zum Bahnhof, genau die Strecke, die der Transport mit den Lohngeldern jedes Mal zurücklegt.

Mickey sieht die beiden umkehren und auf sich zukommen. Er blickt scheinbar interessiert in die Auslagen des Geschäftes »Karin's Schocolade and Candy Shop«.

Die hübsche Inhaberin betreibt den Laden seit einigen Jahren, sehr zur Freude der Kinder und mancher Erwachsener.

Die beiden Gauner gehen hinter ihm vorbei und biegen in Richtung Eisenbahn ab. „Am Bahnhof legen die beiden Wachleute für einen Moment die Waffen beiseite und tragen die Kiste zum Gepäckwagen. In genau dem Moment müssen wir bereit sein. Wir schnappen uns die Kiste, binden sie am Sattel fest und nichts wie fort. Ich halte die Wachleute in Schach und du kümmerst dich um das Geld."

„Ist jemand in der Eisenbahn?", fragt Pat.

„Ja, das ist aber nur ein unbewaffneter Schreiber. Die Wachleute steigen dazu, nachdem sie die Kiste eingeladen haben und fahren bis nach Madsen mit."

Pat kraust die Stirn. „Könnte klappen", meint er dann und blickt skeptisch zu den Gleisen.

„Könnte, könnte. Mach mich nicht schwach. Das klappt, wir müssen nur energisch auftreten. Die beiden Wachleute werden nicht ihr Leben für Geld riskieren, das ihnen nicht gehört."

„Da hast du sicher recht. Gut, bis zum nächsten Transport."

Miteinander schwatzend gehen sie zum Saloon hinüber.

Mickey geht zur Schmiede zurück. Er trifft Peter, der mit seinem Gehilfen Tom Pearce gerade einem Pflug eine neue Schar verpasst. „Einen Moment noch", ruft Peter, um den Lärm des Hammers zu übertönen.

Mickey setzt sich auf seinen Lieblingsplatz, die Bank vor der Schmiede an der Straße. Er dreht sich eine Zigarette und beginnt zu rauchen.

„Was hast du herausgefunden?", fragt Peter. Er setzt sich zu seinem Freund und dreht sich ebenfalls eine Zigarette.

„Sie sind von der Bank zum Bahnhof gegangen, was sie dabei gesprochen haben, konnte ich nicht verstehen. Sie führen etwas im Schilde, da bin ich ganz sicher. Ich weiß nur nicht was."

„Ich denke, ich werde sie im Auge behalten. Ich sehe oft auf die Straße und werde dir Bescheid geben, sobald die Absicht klar zu erkennen ist."

„Könnte es sein, dass sie vielleicht versuchen, die Lohngelder zu stehlen?", vermutet Peter.

Mickey zuckt mit den Schultern. „Möglich wäre das allerdings. Da der Transport gut gesichert ist, halte ich das für ein waghalsiges Unternehmen." Er erhebt sich und geht zu seinem Pferd. „Ich muss los, nachher werde ich noch vermisst. Vorher reite ich noch beim Marshal vorbei, wir sollten auf den nächsten Transport besser ein zusätzliches Auge werfen."

Marshal Taylor befindet sich in seinem Büro. Seit zehn Jahren ist er der Polizeichef von Gillette. „Hallo, Mickey! Nett, dich zu sehen! Obwohl – immer, wenn du zu mir kommst, wird es gefährlich." Er lacht seinen Weggefährten an, er war ihm am Anfang, als Mickey neu in der Stadt war, nicht wohlgesonnen gewesen. Der offensichtliche Revolverheld schien ihm Ärger in sein kleines Städtchen bringen zu wollen. Er hat rasch bemerkt, dass er mit seinem Urteil falsch lag, inzwischen sind die beiden gute Freunde.

„Tag, Richie! Falls du nichts zu tun hast – ich habe etwas für dich. Du könntest auch deinen Deputy damit beauftragen."

„Ich hab mir das gedacht, dein Erscheinen bedeutet immer Arbeit und Ärger für mich. Lass mal hören, was

146

führt dich zu mir?" Richard Taylor ist seit 1971 Marshal in Gillette, inzwischen ist er Mitte vierzig, ein Alter, in dem so mancher Gesetzeshüter in den Ruhestand getreten ist – wenn er ihn denn lebend erreicht. „Pete ist im Red Bull, den Leuten mal auf die Finger sehen."

„Richie, ich glaube, dass der nächste Geldtransport überfallen werden soll. Heute sind mir und Peter zwei Personen aufgefallen, die sich sehr seltsam benommen haben."

„Hm. Wenn du das sagst, hat das immer Hand und Fuß. Was soll ich, beziehungsweise, was können wir dabei tun?"

„Ich habe mir gedacht, dass ich in der Nähe der Bank bleibe und dann dem Transport folge. Du könntest dich vielleicht mit deinem Helfer im Gepäckwagen verbergen. Noch wissen wir nicht, ob der Raub tatsächlich stattfinden wird, so müssen wir abwarten und sehen, was passiert."

„Kein Problem, du kannst auf mich zählen. Grüße Marilyn von mir!"

Nachdenklich reitet Mickey nach Hause. Der Weg dauert mit dem Pferd etwa eine Stunde, da hat er viel Zeit zum Grübeln. Sollte er seiner Frau erzählen, was er beobachtet hat? Besser nicht, sie macht sich immer Sorgen um ihn. Nicht zu Unrecht, bisher hat er allerdings immer viel Glück gehabt.

Der Wettkampf

Rod kommt aus der Stadt zurück, seine Laune ist so gut wie schon lange nicht mehr. Sein neugewonnener Kumpel hat endlich zugesagt, ihm bei dem Raub der Lohngelder zu unterstützen. „Hallo, Sam!", ruft er seinem

Bruder zu, der vor dem fast fertigen Anbau steht und einen neu gebauten Tisch mit dem Hobel bearbeitet. „Wie kommt ihr voran?"

„Danke, in den nächsten Tagen kommt ein Mann, der die Scheiben einsetzt, dann ist alles perfekt." Er ist ein wenig verblüfft über das Lob von Rod, mit Anerkennung tut der sich immer schwer.

„Was ist los, Rod? Hast du bei beim Kartenspiel gewonnen?"

„Das nicht gerade, ich fühle mich aber so." Nein, er wird nicht erzählen, was er vorhat. Rod und Desmond werden ihm Vorhaltungen machen und ihm seine gute Laune verderben. Auf der Sitzbank neben dem Anbau liegt der Gurt von Desmond mit dem blinkenden, neuen Revolver. Er blickt darauf, eine Idee entsteht. „Ich könnte dich beim Ziehen besiegen, du hältst dich doch insgeheim für schneller als mich."

„Wie willst du das machen? Wir können uns doch nicht gegenseitig erschießen?", erwidert Desmond.

Sam hört sich das Geplänkel der beiden an. „Ich habe eine Idee", verkündet er mit einem Mal. „Ich könnte etwas konstruieren, damit könnt ihr euch messen - ohne euch gegenseitig umzubringen. Komm, Johnny, du kannst mir helfen", fordert er den Jungen auf.

Johnny springt auf, es gefällt ihm, mit Sam zusammen zu arbeiten, außerdem bewundert er insgeheim die Männer. Sie sind tüchtig und haben vor niemandem Angst. Vor Rod kuschen sie alle. Ja, der weiß sich durchzusetzen. Er dagegen ist nur ein kleiner Junge, der nichts zu sagen hat. Unter seinen Mitschülern gilt er als Feigling, er wird nicht richtig ernst genommen. Wenn er eine Waffe hätte, so wie die drei Männer hier, und damit noch so gut schießen könnte wie Rod – ja, dann wäre alles anders.

Sam erklärt Johnny seine Idee. „Wir verwenden dazu die Reste vom Holz, das wir noch haben. Es sollen zwei

Scheiben aus Holz an einer Latte werden, die beide unten mit einem Scharnier an einem Balken befestigt sind. Du kannst schon mal die Feinsäge, Hammer und ein paar Nägel holen. Ich suche mir aus den Resten passendes Holz heraus und sehe nach, ob wir noch zwei Fensterscharniere übrighaben."

Fast eine Stunde lang wird gesägt und gehämmert, dann kann Sam stolz seinen Schießstand vorführen. „Die beiden Scheiben werden aufgestellt, dann kann man aus vielleicht zwanzig Schritt Entfernung darauf schießen. Auf ein Signal – Amanda, du könntest in die Hände klatschen", wendet er sich an das aufmerksam zusehende Mädchen, „dann ziehen beide Kontrahenten ihre Waffe und schießen auf die Scheibe, jeder auf seine. Der rechte Schütze auf die rechte, der links Stehende auf die linke.

„Wie willst du denn erkennen, wer zuerst getroffen hat?", fragt Rod. „Die beiden Schüsse könnten doch sehr dicht aufeinander folgen?"

„Ja, das ist jetzt der Trick." Sam ist sichtlich stolz auf seine Konstruktion. „Die beiden Scheiben sind etwas schräg zueinander befestigt. Die zuletzt getroffene Scheibe liegt immer über der zuerst getroffenen."

„Tatsächlich!", staunt Rod über Sams Einfall. „Aber was soll's, ich bin sowieso der Schnellere."

„Das werden wir jetzt sehen, beweise es uns", stachelt ihn Desmond an.

„Na los, hilf mit", fordert Rod seinen Bruder auf, „wir stellen mein Machwerk auf, dann kannst du uns beweisen, dass du nicht nur in deiner Erzählung so schnell bist."

„Übernehme dich nicht, Brüderchen. Ich werde es dir schon zeigen!"

Einen Moment später ist der Prüfstand etwa zwanzig Schritt entfernt aufgestellt. Sam legt noch an der Ausgangsstellung der Schützen eine lange Latte hin. „So, jetzt zuerst einen Test. Ich werde gegen Rod antreten."

Amanda stellt sich mit leuchtenden Augen an die Feuerlinie, Johnny und Desmond warten gespannt ein paar Yard entfernt.

„Fertig, Amanda?", fragt Sam seine Helferin.

„Klar, es kann losgehen. Ich zähle bis drei, bei drei klatsche ich in die Hände."

„Eins – zwei – drei!" Auf ihr Klatschen senkt sich Rods Hand zum Kolben seines Revolvers, Sam ist nur wenig erkennbar langsamer, Rod hebt die Waffe, zielt kurz und schießt."

Zwei Schüsse krachen hintereinander mit etwa zwei Sekunden Abstand. Die beiden Holzscheiben sind nach hinten umgefallen, die untere ist die, auf die Rod geschossen hat. Das war zu erwarten gewesen.

Rod strahlt, er hat dieses Ergebnis natürlich erwartet, es freut ihn aber trotzdem, dass es nun für alle offensichtlich ist. „Seht ihr, ich bin doch der schnellste Schütze westlich des Mississippi", prahlt er selbstbewusst.

Die Tür im Haus springt auf, Elisabeth kommt mit wehendem Rock herausgelaufen, die schussbereite Flinte in der Hand. Sie stutzt und sieht die Gruppe an, die sich offensichtlich in bester Laune und nicht in Gefahr befindet. „Was ist denn hier los?", fragt sie atemlos.

„Onkel Sam hat einen Stand gebaut, mit dem wir prüfen können, wer schneller zieht", erklärt Johnny mit einem Lachen. „Rod ist auf jeden Fall schneller als Sam."

„Hättet ihr mich nicht vorbereiten können? Ich habe mich zu Tode erschreckt."

„Tut uns leid Mama, der Wettkampf hat uns so gefesselt", erklärt Amanda. „Bleib doch hier und sieh mit an, wie es weitergeht."

„Gut, wie du meinst." Sie und stellt sich zu Johnny und Sam und stützt die Flinte am Boden ab.

„Du musst noch gegen mich antreten, Sam hat nie behauptet, dass er ein schneller Schütze ist", wendet sich

Rod an Desmond. Der hat seinen Revolver in der Hand, dreht die Trommel und blickt in die Kammern, er will sichergehen, dass alle mit Patronen gefüllt sind. „Klick – klick – klick", tönt die Sperrklinke beim Einrasten.

„Du bist also bereit", stellt Rod fest. „Das ist gut, denn du sollst jetzt endlich dein Fett bekommen." Er schiebt eine leere Hülse mit dem Ausstoßer heraus, greift in seinen Gurt, zieht eine Patrone heraus und ersetzt die eben verschossene gegen eine neue.

Jetzt wird es spannend, keiner sagt etwas. Nun wird es sich zeigen, ob Desmond, der zwar nie behauptet hat, der Schnellere zu sein, gewinnen wird, oder ob Rod sich durchsetzen kann.

Amanda stellt sich auf, zählt bis drei und klatscht in die Hände.

Zwei Schüsse explodieren fast wie ein einziger, laut hallt der Krach durch den späten Nachmittag und zerreißt die Stille des ruhigen Tages.

Gebannt starren sieben Augenpaare zu dem kleinen Schießstand, dessen beide Holzscheiben am Boden liegt. Die obere ist die, auf die Rod geschossen hat, er war demnach der Langsamere der beiden.

„Da stimmt was nicht, ich habe das Klatschen von Amanda nicht richtig gehört", empört sich Rod.

„Das kann doch passieren, wir schießen einfach noch mal. Lass uns das doch noch dreimal wiederholen, dann kann keiner mehr meckern", schlägt Desmond vor.

Die beiden Kontrahenten stellen sich auf, gebannt blicken sie auf die inzwischen aufgerichteten Holzscheiben, die Zuschauer sind mucksmäuschenstill.

Amanda gibt wieder ihr Zeichen, Peng-Peng, knallen zwei Schüsse. Dieses Mal war Rod der Schnellere. Gehässig grinst er Desmond an. „Ich hab' es doch gesagt, gegen mich ist kein Kraut gewachsen."

Johnny eilt zum Schießstand und stellt die beiden Scheiben wieder auf. Er blickt kritisch auf die Holzkonstruktion. „Wenn ihr jetzt durch seid, müssen die Holzteller erneuert werden, die sind schon ziemlich zerschossen."

„Lass man", erwidert Sam. „Wenn Rod und Desmond ihren Wettkampf beendet haben, benötigen wir den Stand nicht mehr. Ich werde ihn dann zerlegen, die beiden Scharniere kann ich sicher noch gebrauchen."

Wieder stören zwei Schüsse die Ruhe des Tages, und wieder liegt die Scheibe, die von Desmond getroffen wurde, als letzte oben.

„Tja, Desmond, es bleibt dabei, du bist und bleibst eine Schlafmütze."

Der gibt sich gelassen, es scheint nicht sein Selbstvertrauen zu erschüttern, dass er schon wieder verloren hat.

Auch die dritte Wiederholung ergibt keine Überraschungen. Desmond war dieses Mal deutlich langsamer, beim Ziehen war er mit dem Korn hängengeblieben.

Rod grinst überheblich. „Du hättest für dein Geld lieber Schießunterricht nehmen sollen, anstatt dir einen neuen Revolver zu kaufen."

Desmond zuckt mit den Schultern. „Du magst recht haben. Mir genügt es so."

„Es könnte genügen, um vielleicht eines Tages zu sterben", Rod lacht abstoßend.

Der inzwischen stark zerschossene Schießstand wird von Sam und Johnny zum Neubau getragen, dort will ihn Sam später zerlegen und um noch brauchbare Hölzer und vor allem die Scharniere zu verwerten.

Amanda geht zu Desmond, der wieder seinen Revolver mit Patronen füllt. „Ich glaube, ich muss dich mal trösten", sie lächelt ihn an.

Desmond lächelt zurück. „Ich brauche keinen Trost, ich würde mich jedoch gerne mit dir unterhalten."

Sie setzen sich beide auf die grob behauene Bank hinter dem Stall. „Was wolltest du mir denn sagen?", fragt Desmond.

„Ich glaube, du hast Rod jedes Mal absichtlich gewinnen lassen. Ich bin mir ganz sicher!"

Desmond grinst sie an. „Ich hoffe, es war nicht zu offensichtlich. Rod scheint es nicht gemerkt zu haben, das ist das Wichtigste."

„Ich habe am dichtesten bei euch gestanden. Du hast immer erst den Revolver gezogen, wenn Rod seinen schon aufs Ziel gerichtet hat. Dabei hast du mehr zu ihm als auf die Scheibe gesehen." Sie lächelt und greift zärtlich nach seiner Hand. „Du bist ein Schlitzohr!"

„Mir schien es besser nachzugeben, als Rod zu verärgern. Denn wenn ich gewonnen hätte, wäre er sicher noch ungenießbarer gewesen, als sowieso schon."

„Du bist schon ein Schatz", flüstert sie und schmiegt sich an ihn. Desmond genießt ihren schlanken, warmen Körper an seiner Seite.

Johnny ist zurück im Haus, dort sitzt Rod in der kleinen Stube am Tisch und erzählt großspurig von vergangenen Heldentaten. Elisabeth bereitet das Abendbrot und hört ihm notgedrungen zu.

Der Junge setzt sich zu ihm an den Tisch und sieht zu ihm auf. „Das hast du toll gemacht, Onkel Rod. Gibt es überhaupt irgendwo einen Schützen, der noch schneller ist als du?"

Rod lächelt siegessicher. „Vielleicht, aber das ist eher unwahrscheinlich."

Jetzt meldet sich Elisabeth. „Von Mickey Callaghan sagt man, dass er der schnellste Schütze überhaupt sein soll."

„Pöh, das ist wohl schon lange her, ich habe jedenfalls noch nichts von ihm gehört."

„Mag sein, seine Zeit als Revolverheld war wohl schon zu Ende, bevor ich mich mit deinem Bruder hier niedergelassen habe."

„Na klar, früher waren sie alle schnell, Wyatt Earp, Wild Bill Hickock, Billy the Kid. Aber die sind inzwischen alle tot, der einzige noch lebende schnelle Schütze bin ich. Sag mal, Elisabeth, hast du kein Bier im Haus? Ich habe vom vielen Erzählen eine ganz trockene Kehle."

„Tut mir leid. Wir trinken alle kein Bier, du musst schon nach Gillette reiten, um etwas zu bekommen. Bei mir gibt es nur Tee."

„Etwa so einen schrecklichen, wie vor ein paar Tagen? Da trinke ich lieber Wasser aus der Pumpe."

„Im Sägewerk gibt es mitunter etwas. Ich glaub', die haben für ihre Leute immer ein Fass da", weiß Johnny zu berichten.

„Im Sägewerk? Kennst du da jemanden?", fragt Rod.

„Klar, einige der Arbeiter sind meine Freunde. Den Leiter, Matthew, kenne ich besonders gut. Soll ich mal sehen, ob ich etwas bekommen kann?"

Rod reibt sich sein unrasiertes Kinn. „Das klingt verlockend. Kannst du denn reiten?"

„Ja, es geht so. Wir haben kein eigenes Pferd, sonst wäre ich sicher perfekt."

„Du musst nicht so übertreiben", korrigiert ihn seine Mutter. „Ich gebe dir einen Krug, dann kannst du dein Glück versuchen."

Rod greift in seine Jacke, holt seinen Geldbeutel heraus und schnippt einen Dollar auf den Tisch. „Hier, für deine Mühe. Was übrig ist, kannst du behalten."

Johnny stürmt hinaus und ist kurz darauf mit dem Pferd von Rod zum Sägewerk unterwegs.

„Du hast einen aufmerksamen Sohn", bemerkt er.

„Ja, danke. Er scheint dich im Moment als Vorbild gewählt zu haben, das gefällt mir nicht besonders."

„Findest du?" Rod drückt seine Brust raus. „Ich gebe doch ein hervorragendes Beispiel ab. Du bist übrigens die Einzige, die das noch nicht gemerkt hat."

Elisabeth schüttelt den Kopf. „Lass gut sein - sage lieber den anderen Bescheid, dass sie reinkommen können, sobald Johnny zurück ist. Das Essen ist gleich fertig, ich muss nur noch den Tisch decken."

Der Raub der Lohngelder

Es ist Mittwoch der nächsten Woche, Mitte Juli. Es verspricht, ein heißer Tag zu werden. Heute sollen wieder die Lohngelder der Bank in Gillette zum Bahnhof transportiert werden, um die Arbeiter und Einwohner von Madsen mit Geld zu versorgen.

Rodney Bishop und Patrick Stevenson treffen beide auf ihrem Pferd in der Stadt ein. Sie binden ihre Gäule am Haltebalken am Red Bull fest, vor dort haben sie einen ausgezeichneten Blick auf alle Vorgänge vor der Bank. Sie setzen sich auf den Boardwalk und drehen sich jeder eine Zigarette.

„Alles klar bei dir?", fragt Rod. Er bläst den Rauch aus und blickt konzentriert auf die andere Straßenseite.

Pat zieht seinen Revolver heraus und überprüft die Trommel – sie ist mit sechs Patronen gefüllt. „Meine Waffe und ich sind bereit."

An der Ausfahrt neben der Bank gibt es Bewegung. Ein Mann in dunkler Kleidung öffnet das Tor zum Hof. Wenig später kommt ein Wagen herausgefahren, er wird von zwei Pferden gezogen, den Kutscher erkennen sie wieder, der war schon beim vorigen Transport dabei.

„Mensch, Rod. Es geht los." Patrick ist aufgeregt, lässt es sich jedoch nicht anmerken.

„Nur die Ruhe. Bis die am Bahnhof sind, dauert es noch eine ganze Weile." Rod ist gelassen, es ist nicht sein erster Überfall. „Lass uns schon mal losreiten, die laufen uns nicht fort."

***

„Wo ist Rod eigentlich", fragt Desmond beim Frühstück. „Dass der so früh aufsteht, ist doch sehr ungewöhnlich.

Sam zuckt mit den Schultern. „Keine Ahnung. Du hast aber recht, wenn der so sehr rechtzeitig hochkommt, dann ist da was im Busch." Er kaut an einer Scheibe Brot. Die ist zwar mit Wurst belegt, ist aber schon ein wenig trocken. „Er erzählt mir auch nicht mehr alles, ich glaube, er hat jemanden gefunden, mit dem er ein Ding drehen will." Er stutzt und sieht Desmond an. „Das muss es sein, er will mit einem Typen, den er offenbar in Gillette kennengelernt hat, einen Raub begehen." Er ruft zu Johnny im Zimmer der beiden Kinder hinüber. „Hat er dir etwas erzählt? Ihr seid doch ganz dick, ihr beiden."

„Nein", ertönt die Stimme des Jungen. Sein Stimmbruch ist noch nicht ganz abgeschlossen, mitunter quiekt er etwas, besonders, wenn er lauter spricht. „Ich weiß von nichts. Sein Pferd ist auch nicht da."

„Mist!", ruft Sam aus. „Er hat heute bestimmt etwas vor, ich muss ihn davon abhalten."

„Lass ihn doch, er ist doch alt genug", wendet Elisabeth ein. Ihr ist ihr Schwager Rodney von allen am meisten unsympathisch. Nicht nur, dass er Amanda immer nachstellt, auch sie muss immer vor ihm auf der Hut sein.

„Nein, ich muss das machen. Wenn er nun dabei ums Leben kommt? Er könnte es hier doch genau so schön haben wie wir." Er springt auf. „Wenn er auf jemand hört,

156

dann vielleicht auf mich." Sekunden später ist er draußen, man hört nur noch das sich entfernende Hufgetrappel seines Pferdes.

***

Der Marshal hat Besuch bekommen. „Möchtest du einen Kaffee?", fragt er seinen Gast, einen Mann, der ihn noch um fast einen halben Kopf überragt - dabei ist der Gesetzeshüter selbst nicht gerade klein geraten.

„Danke, Richie, ich bediene mich selbst." Mickey Callaghan steht auf, nimmt die emaillierte Kanne vom Herd und gießt etwas in den verzinkten Becher, den er von seinem Freund erhalten hat.

„Heute soll es stattfinden, oder?", fragt der Marshal.

„Ja, der Transport wird immer einmal alle zwei Wochen an wechselnden Tagen durchgeführt, heute ist wieder so ein Tag."

„Und du glaubst, dass er heute überfallen werden soll?"

„Sicher ist gar nichts, ich habe aber so ein Bauchgefühl." Mickey stellt den Becher auf den Schreibtisch. „Ich reite schon mal zur Bank, mal sehen, wie weit die sind. Du kannst inzwischen zur Bahn gehen und dich mit den Örtlichkeiten vertraut machen."

„Alles klar, Mickey. Bis gleich."

Der reitet auf seinem Brighty gemächlich die Straße entlang. Und tatsächlich! Schräg gegenüber der Bank sitzen die beiden Gestalten auf dem Boardwalk und scheinen sich zu unterhalten. Auf der anderen Straßenseite steht ein Wagen vor der Bank. Der Kutscher sieht gerade zum Eingang, dort kommen zwei Wachleute mit einer Kiste heraus.

157

Jetzt stehen die beiden Gestalten auf, lösen ihre Pferde von der Haltestange und sitzen auf. Langsam reiten sie davon, in Richtung Bahnhof.

Das wird gleich einen Überfall geben, Mickey ist sich sicher. Er reitet vielleicht mit 30 Schritt Abstand hinter den beiden her. Nun biegen sie in die Straße ein, die zur Schmiede und dann weiter zum Bahnhof führt. Seine Sinne sind hochgespannt, er hat schon lange keinen Schusswechsel mehr erlebt, er ist trotzdem in guter Form. Marilyn zieht ihn immer auf, wenn er ein paar Mal in der Woche auf einem abgelegenen Fleckchen ihrer Ranch seine Schießübungen durchführt. Er stellt sein Pferd beim Schmied ab, das kennt es schon, es trinkt aus einem Eimer, den ihm der Mitarbeiter seines Freundes, Tom Pearce, hinstellt. Ein netter junger Mann, der mit sechzehn Jahren als Waise von Peter als sein Gehilfe aufgenommen worden war.

„Hallo, Tom! Grüße deinen Meister von mir!"

„Klar, Mickey, wird gemacht!"

Er geht langsam weiter zum Bahnhof, immer bemüht, nicht aufzufallen. Er kann noch nicht eingreifen, dafür ist es zu früh. Vielleicht wollen die beiden Gestalten lediglich zum Saloon »Go Lucky«, der direkt am Bahnhof liegt.

Der Zug nach Madsen steht bereits am Bahnsteig. Leise summt das Dampfstrahlblasrohr unter dem Schornstein und sorgt für einen kleinen Zug in der Feuerbüchse. Jetzt springt die Kesselspeisepumpe an, es sind aber nur ein paar Schläge, dann verstummt sie wieder. Ein undichtes Ventil gibt zischende Geräusche von sich.

Der Zug besteht aus fünf Wagen. Es sind drei Personenwagen, ein Viehwagen und ein Gepäckwagen, letzterer ist gleich vorne hinter der Lok angehängt.

Mickey geht lässig an den Wagen entlang, er tut so, als ob er jemanden sucht und blickt einmal in jeden Wagen hinein. Am Gepäckwagen hält er kurz inne. „Bist du da, Richie?", ruft er leise.

„Klar. Wo sollte ich denn sonst sein", kommt es genauso leise zurück.

Mickey wendet wieder und schlendert zurück. Er setzt sich auf die Bank auf dem Bahnsteig, schiebt sich den Hut vor das Gesicht und täuscht einen Schlafenden vor.

Patrick und Rodney binden ihre Pferde nur wenige Schritte vom Gepäckwagen entfernt an. „Alles klar?", fragt Rod, er ist doch etwas aufgeregt, seine Ruhe ist nur äußerlich.

„Keine Sorge, ich bin bereit", knurrt Patrick.

Die beiden stehen neben ihren Pferden und besprechen leise letzte Einzelheiten. „Sobald die beiden Wachleute ihre Waffen abgelegt haben und die Kiste mit dem Geld zum Wagen tragen, kommst du ins Spiel", erklärt Rod. „Ich nehme dem Kutscher seine Waffe fort und halte die Wachmänner in Schach. Du nimmst dir dann die Kiste und bindest sie auf deinem Pferd fest. Sobald du damit fertig bist, springe ich auf mein Pferd und wir zwei hauen ab. Ich reite voraus, ich habe mir schon ein Versteck in den Bergen gesucht, dort wird man uns nicht so schnell finden."

„Das klingt alles so einfach, wie du es erzählst", staunt Patrick.

„Es ist einfach. Wir müssen nur schnell sein."

Der Wagen mit dem Geld kommt langsam herangerollt, der Kutscher sitzt lässig zurückgelehnt auf seiner Bank, mit der Flinte neben sich, die beiden Wachmänner gehen neben dem Wagen her. Sie halten beide ihre Winchester in den Händen und blicken sich aufmerksam um.

Ein Reiter nähert sich im schnellen Galopp, er hält am Bahnhof und springt vom Pferd. Es ist Sam Bishop, er sieht sich um und geht schließlich auf seinen Bruder zu, der noch mit seinem Kollegen bei den Pferden steht und darauf wartet, dass die Karre mit dem Geld zum Stillstand kommt.

Rods Gesicht verzerrt sich vor Wut, als er seinen Bruder erkennt. „Was willst du denn hier? Du störst bloß! Oder willst du etwa doch noch mitmachen?"

Der entscheidende Moment naht. Die Wachleute blicken irritiert zu den drei Männern hin, dort scheint sich gerade ein Streit anzubahnen.

Mickey hat sich auf seiner Bank aufgerichtet und den Hut wieder aufgesetzt.

„Verschwinde auf der Stelle, oder du kannst was erleben. Was willst du überhaupt hier?" fährt Rod seinen jüngeren Bruder an.

„Mach das nicht, Sam. Was immer du vorhast – lass es sein. Du verdirbst dir den Rest deines Lebens, jetzt, wo wir es so gut getroffen haben."

„Gut? Das findest du gut?" Rod lacht kurz und hässlich. „Den Rest des Lebens Eier sammeln und Unkraut hacken? Verschwinde, oder ich werde dir Beine machen." Er greift nach seinem Revolver, das hatte er sowieso vor, denn gleich wollte er dem Kutscher dessen Flinte entreißen.

Die Wachleute legen ihre Gewehre auf den Wagen und ziehen die Kiste zu sich heran. Erst hebt sie der eine, dann der andere, dann machen sie vorsichtig den ersten Schritt.

Der Kutscher hält seine Flinte in der Hand und beobachtet aufmerksam die Gegend.

Mickey Callaghan kommt auf die Gruppe zu, noch wirkt er wie ein Reisender, der gleich in einen der Wagen steigen wird.

Rod stößt seinen Bruder zurück, dann macht er einen langen Satz zum Kutscher hinüber. „Los, weg mit der Flinte, wenn dir dein Leben lieb ist!"

Die Wachleute sind stehen geblieben, die Kiste in den Händen, unschlüssig, was sie jetzt machen sollen. Ihre Waffen liegen etwa zehn Schritte entfernt auf dem Wagen, zehn Schritte sind es auch, bis sie diese Kiste loswerden können und eine Hand freihaben.

Patrick hat plötzlich auch eine Waffe in der Hand. Die richtet er auf die Wachleute. „Lasst die Kiste fallen und Hände hoch!"

Der Marshal Richie Taylor blickt hinter der Tür des Gepäckwagens hervor, er schiebt die Mündung seines Revolvers nach draußen.

Mickey Callaghan zieht einen Revolver und ruft laut: „Alle Mann Hände hoch!"

Rod sieht mit einem Mal, dass sein ganzer schöner Plan den Bach runtergeht. Es gibt nur eine Möglichkeit: Er muss diesen großen Kerl und die Wachleute ausschalten. Wenn Patrick sich auch nicht ergibt, dann können sie ihren Plan noch mehr schlecht als recht zu Ende bringen. Er denkt nicht daran, die Hände zu heben. Er macht einen Satz hinter den Wagen und feuert auf Mickey.

Doch der Schuss war viel zu hastig abgegeben worden. Mickey duckt sich und schießt zurück. Seine Kugel schlägt in das Holz der Ladefläche, Splitter fliegen Rod ins Gesicht.

Die Gewehre der beiden Wachleute liegen noch auf dem Wagen, die sind im Moment unbewaffnet. Sie versuchen, dahin zu gelangen, geben aber auf, als Patrick einen Schuss in ihre Richtung feuert.

Der Kutscher steht auf und richtet seine Flinte auf Rod, in dem Moment stürzt Sam von hinten auf ihn zu und stößt ihn um. „Lass meinen Bruder am Leben!" Die Flinte fällt polternd hinunter und liegt nun am Boden.

Der Marshal schießt auf Rod und trifft ihn an der Schulter.

Patrick hebt seine Hände und geht langsam auf Mickey zu. Er hat erkannt, dass weiterer Widerstand Wahnsinn ist, noch hat er keinen erschossen, er sollte also relativ glimpflich davonkommen.

Rod gibt mehrere Schüsse in Richtung Micky Callaghan und dem Marshal im Gepäckwagen ab und hastet schießend zu seinem Pferd, Blut läuft an seinem Hemd herab.

Der Kutscher hat sich wieder aufgerappelt und versucht, die Flinte vom Boden aufzuheben. „Lass die Flinte liegen!", ruft Rod und gibt einen Schuss auf den Mann ab, der getroffen in den Staub fällt. Rod hat dabei nicht bemerkt, dass sich einer der beiden Wachleute doch noch seine Winchester gegriffen hat. Doch mit dem langen Lauf des Gewehres ist der nicht flink genug, die letzte Kugel aus Rods Revolver trifft auch ihn. Der springt auf sein Pferd und reitet im vollen Galopp davon. Die getroffene Schulter schmerzt, er beißt die Zähne zusammen.

Mickey Callaghan wiederholt seinen Ruf zu Sam. „Hände hoch! - Richie, jetzt hast du was zu tun. Sperr diesen Vogel erst einmal ein, wir müssen später klären, wieweit er an dem Überfall beteiligt war. Den anderen hier nimmst du auch gleich mit." Er wendet sich an zwei kräftig erscheinende Zuschauer. „Ihr hebt die Kiste auf und stellt sie in den Gepäckwagen, nachher kommt doch noch etwas weg." Er läuft zu dem Kutscher, der noch bewegungslos am Boden liegt. „Hol einer den Doktor!", ruft er den Zuschauern zu, die sich inzwischen eingefunden haben - sie sind vom Lärm der Schüsse angelockt worden. Der getroffene Wachmann bewegt sich etwas, jetzt versucht er, sich aufzurichten.

Der Marshal schickt die Zuschauer fort. „Meine Dame, meine Herren, es gibt nichts mehr zu sehen. Es sollten Lohngelder gestohlen werden, was den Gaunern dank unserer Aufmerksamkeit nicht gelungen ist. Leider hat es zwei Verletzte gegeben, wenn sie Pech haben, werden sie nicht überleben."

Mickey treibt Sam und Patrick vor seinem Revolver her. „So, Richie, ich komme mit zu deinem Büro, unsere beiden Galgenvögel werden dir jetzt Gesellschaft leisten."

„Was passiert mit dem Geflohenen?", will der Marshal wissen.

„Ich vermute, der kommt mit seiner Verletzung nicht weit. Wir sollten gleich eine Gruppe zusammenstellen, die ihn verfolgen wird."

Sam Bishop und Patrick Stevenson werden jeder in eine der beiden Zellen gesperrt, die sich im hinteren Teil des Büros vom Marshal befinden.

„Sagt mal, ihr Zwei. Wer war der dritte Mann, der jetzt geflohen ist?"

Die beiden Delinquenten sehen stumm auf den Boden.

„Wird's bald? Ihr habt doch nicht mit einem Fremden zusammengearbeitet. Wer war der Dritte?"

„Ich habe da nichts mit zu tun. Ich wollte nur meinen Bruder überreden, den Raub abzubrechen."

„Aha, der Geflohene ist also dein Bruder! Deine Variante des Überfalls werden wir prüfen, mal sehen, was die Zeugen sagen. Unter Umständen bleibst du bis zur Verhandlung eingesperrt."

***

Der Doktor hat sich die beiden Verletzten vorgenommen. Der Wachmann hat einen Steckschuss in der Brust. Das kann er operieren, das ist jedoch nicht einfach. Vielleicht kann ihm dieser junge Kollege behilflich sein, der hat sich als sehr geschickt beim Vernähen einer Wunde herausgestellt.

Der angeschossene Kutscher macht ihm wirklich Kummer. Der Schuss ist auch in den Brustkorb eingedrungen, jedoch sehr viel näher am Herzen. Er fürchtet, dass er ihn aufgeben muss.

Samuel Bishop hat inzwischen geredet, seine Personalien hat sich der Marshal notiert. Der Geflohene und Mörder des Kutschers ist demnach sein Bruder Rodney Bishop. „Ich glaube, dass er zu unserer Schwägerin reiten wird. Unser Freund Desmond könnte ihn verbinden, außerdem kann er bei Elisabeth Proviant erhalten", vermutet Sam.

Eine Posse ist rasch zusammengestellt. Es ist nur ein Mann zu verfolgen, deshalb genügen dafür der Marshal und sein Deputy – Pete Cummings, sowie Mickey Callaghan. Pete ist ein guter Spurenleser, sodass sie gleich am nächsten Morgen früh aufbrechen wollen.

***

Rodney reitet, so schnell es das Pferd ermöglicht. Es ist nicht das schnellste, es ist das zerschundene Pferd, das ihm in Denver untergeschoben worden ist. In seinem Kopf toben quälende Gedanken. Wieso hat das nicht geklappt? Sein Plan war doch narrensicher. Hätte er auf seinen Bruder hören sollen? Nein! Sam ist ein Weichei und wird immer eines bleiben.

Wohin soll er jetzt reiten? Er hat vorgehabt, sich mit Patrick in einer Höhle in den Bergen zu verstecken. Das ist nun hinfällig. Dieser Kerl hat nicht das Zeug zu einem Räuber gehabt, das hätte er gleich merken sollen. Mist!

164

Seine Schulter schmerzt. Damit muss etwas passieren, sonst hat der Absender der Kugel doch noch sein Ziel erreicht. Kann nicht dieser Angeber Desmond seine Wunde verbinden? Der hat sich doch kürzlich mit seinen Fähigkeiten als Arzt hervorgetan. Ja – der Gedanke gefällt ihm. Bei seiner Schwägerin kann er sich auch Proviant einstecken.

Laut klappern die Hufe auf der Holzbrücke über den Brazos, nun muss er noch fast eine Stunde reiten, die Farm von seinem toten Bruder liegt fast am Ende des Tales. Immer wieder schießt ein Schmerz heftig in seine Schulter, er lässt den Arm entspannt hängen und lenkt das Pferd mit der gesunden Hand. Eine Stunde später hat er die Farm erreicht. Mit Schmerzen im linken Arm lässt er sich ungelenk aus dem Sattel gleiten und geht krumm zur Tür.

Elisabeth hat einen Reiter kommen hören, sie kommt aus dem Haus, um nachzusehen. „Rodney, du?"

„Guck nicht so bescheuert, ich brauche Hilfe."

Ohne zu zögern läuft sie zu dem Anbau hinüber. Der ist inzwischen fertig, Desmond befestigt die letzten Fußbodenbretter, Amanda hilft ihm dabei.

„Desmond, wir brauchen deine Hilfe. Rodney ist verletzt."

Der lässt sofort den Hammer fallen und folgt Elisabeth zum Haus.

Rod hat sich bis in das Wohnzimmer geschleppt und sich auf einen Stuhl gesetzt, zurückgelehnt, die Beine lang ausgestreckt.

Desmond kommt dazu und sieht sofort die Bescherung. „Das Hemd muss runter oder entzwei geschnitten werden. Elisabeth, hast du mal eine Schere oder Messer für mich?"

Ein Messer wird ihm von hinten gereicht, es ist Amanda, die es sich nicht nehmen lässt, wieder seine Assistentin zu sein. Desmond begutachtet die Wunde. „Du hast Glück gehabt, der Knochen und das Schultergelenk sind nicht getroffen, es ist ein glatter Durchschuss."

„Das ist ja schön, dass dir meine Wunde gefällt", knurrt Rodney. „Vielleicht verbindest du sie endlich!"

„Nicht so unfreundlich, dass kannst du dir in deiner momentanen Situation nicht erlauben", erwidert Desmond. An Amanda gewandt, bittet er sie: „Kannst du mir meine Tasche holen? In der habe ich etwas Verbandzeug, sowie Jod zum Desinfizieren."

Während Amanda die Dinge besorgt, wischt Desmond die Wunde sauber. „Wie ist das eigentlich passiert, das ist doch ein Einschussloch?"

Doch Rodney macht nur ein abweisendes Gesicht und zieht es vor, diese Frage nicht zu beantworten. „Rede nicht so viel, gib mir lieber einen Whisky."

Amanda kommt mit Desmonds Tasche zurück. Der wühlt sofort darin herum und holt ein Fläschchen mit Jodlösung heraus. „Das wird jetzt wehtun", erklärt er. Er schüttet etwas auf einen sauberen Lappen und tupft damit die Wunde ab.

Rodney kann ein kurzes Zucken nicht unterdrücken, noch mehr Schmerzensäußerungen verkneift er sich, die Genugtuung will er Desmond nicht geben. Der nimmt eine der Binden in die Hand und legt geschickt einen kräftigen und stabilen Verband an. „Das ist gut, dass mir der Doktor das mitgegeben hat", erklärt er seinen Vorrat an Verbandsstoff. „Er hat gesagt, dass ich das sicher genauso oft brauchen werde, wie er selbst." Dann ist er fertig. „So, das sieht jetzt gut aus. Wenn es sich nicht entzündet, wird man später kaum noch etwas davon bemerken. Du musst es aber schonen, sonst heilt es nicht."

„Das ist wieder nur Gerede, ich habe keine Zeit, um mich zu schonen", schimpft Rodney. „Elisabeth, kannst du mir was zum Essen einpacken? Ich muss eine Weile alleine zurechtkommen. Außerdem brauche ich noch Munition", fügt er hinzu.

Sie eilt zur Vorratskammer und gibt ein paar der Schätze heraus, die sie selbst gerne mit ihren Gästen verzehrt hätte. Ein geräucherter Schinken, ein Laib Brot und etwas Butter, einen Krug mit Erbsensuppe.

„Ich brauche noch eine warme Decke", fordert Rod - auch das sucht ihm seine Schwägerin heraus.

„Ich will gleich los", bestimmt er. „Ich habe keine Zeit zum Warten."

„Du musst dich schonen, sonst heilt deine Wunde nicht mehr. Sie muss außerdem immer versorgt werden", erinnert ihn Desmond.

Rodneys Blick fällt auf Amanda, die den ganzen Ablauf mit weit aufgerissenen Augen verfolgt.

„Ich nehme Amanda mit, das hat gleich mehrere Vorteile." Er lacht hässlich, seine Blicke krallen sich in das hübsche Mädchen.

„Stopp, das kommt gar nicht in Frage, dann komm ich lieber mit", wendet Desmond ein.

„Spinnst du, dann kann ich mich gleich selbst verhaften." Mit der verbliebenen Hand greift er plötzlich nach seinem Colt, der auf dem Tisch liegt. Niemand der Anwesenden hat mit so einer schnellen Reaktion gerechnet. „Schluss jetzt, ihr macht, was ich sage! Elisabeth, du bindest den Beutel auf meinem Pferd fest. Ich nehme Amanda mit. Sie soll mir zur Hand gehen, außerdem ist sie meine Lebensversicherung." Finster blickt er sie an.

Die hat sich hinter ihrem Bruder verborgen, der schützend vor ihr steht. Sie tuschelt ihm ins Ohr, schließlich nickt er. „Ja, so machen wir das", flüstert er ihr zu, von Rodney unbemerkt.

„Gut, ich komme mit!" Amanda richtet sich auf und tritt vor.

„Gut meine Kleine, dann lass uns aufbrechen." Etwas schwerfällig erhebt sich Rodney und nimmt Amanda an die Hand.

Desmond sieht blass hinter den beiden her, er wird nicht lange warten, bis er die Verfolgung aufnehmen wird.

Elisabeth ruft mit Entsetzen in der Stimme: „Amanda! Pass auf dich auf!"

Mühsam steigt Rodney auf sein Pferd. Mit einer Hand zerrt er Amanda zu sich hoch, dann galoppiert er davon.

Desmond läuft sofort nach draußen und holt sein Pferd aus dem Stall.

„Kann ich nicht mitkommen?", fragt Johnny flehentlich.

„Nein, mein Junge. Es genügt, dass Amanda in Gefahr ist, ich kann nicht noch auf einen weiteren achtgeben." Dann galoppiert auch er davon.

Elisabeth Bishop sitzt am Tisch im Wohnzimmer und weint leise, ihr Schultern zucken.

Johnny sagt nichts, er geht in das Kinderzimmer und legt sich auf das Bett. Er starrt an die Decke und denkt über das nach, was ihm Amanda ins Ohr geflüstert hat. Er will ihr auch helfen, denn er ist der Einzige, der weiß, wo sie wahrscheinlich hin reiten wird. Er benötigt ein Pferd! Gleich morgen früh wird er zu ihrem Nachbarn, William Northstoke, gehen und sich dort ein Pferd leihen. Er braucht außerdem eine Waffe. Die Flinte ist schon gut, sie ist für das, was er vorhat, jedoch etwas unhandlich. Er steht wieder auf und geht leise in den Anbau, um seine Mutter nicht auf sein Vorhaben aufmerksam zu machen. Tom hat eine Waffe, das hat er gesehen, die könnte er hier zurückgelassen haben. Der Raum ist sehr übersichtlich, außer einem Tisch und einem einfachen Schrank ist er leer. Nach kurzem Suchen hat er sie gefunden. Die Trommel ist gefüllt, das sollte für seinen Zweck genügen.

Die Posse

Der Morgennebel hat sich eben verzogen, in den Bäumen hängen noch letzte Reste des weißen Schleiers, die bei steigender Sonne verschwinden werden. Drei Pferde stehen vor dem Büro des Marshals. Es ist der Rappen von Mickey, Brighty. So benannt wegen der auffallenden, weißen Blesse auf der Stirn. Die fuchsbraune Stute des Marshals, sowie der Appaloosa-Hengst von Pete Cummings, dem Deputy. An den Sätteln sind die Gewehre befestigt, Säcke mit Proviant und Munition sind dahinter angebunden. Der Marshal trägt noch einen Revolver bei sich, Mickey benutzt zwei davon – wie schon seit vielen Jahren.

„Wohin werden wir zuerst reiten?", fragt der Marshal. Alle drei stehen beisammen und beraten sich.

„Ich denke, wir reiten zuerst zu der Schwägerin von Rodney Bishop. Es ist stark anzunehmen, dass er dahin geritten ist. Wir werden auf dem Weg dorthin die Anwohner fragen, ob ihnen ein Reiter aufgefallen ist."

Langsam setzt sich die Gruppe in Bewegung. Sie reiten einen flotten Trab, das können ihre Pferde stundenlang aushalten.

Sie überqueren den Fluss und wenden sich dann in Richtung Osten. Zwei Meilen weiter steht zwischen dem Weg und dem Fluss das Haus von Joan und Matthew Richmond.

„Wir sollten hier fragen, ob der Flüchtige gestern bemerkt worden ist", schlägt Mickey vor. Er kennt Joan gut, Matthew gehört zu seinen besten Freunden. Bevor er die Tür erreicht hat, wird sie geöffnet und die Frau seines Freundes kommt heraus. Sie geht auf ihn zu und umarmt ihn. „Mein lieber Mickey, das ist schön, dich mal wieder zu sehen." Ihr Blick fällt auf den Marshal und dessen Deputy. „Guten Morgen, Richie. Hallo, Pete! Ich fürchte, ihr habt keine Zeit, hereinzukommen, oder?"

„Tut uns leid, Joan. Wir sind auf der Suche nach einem flüchtigen Verbrecher, deshalb sind wir hier. Hast du gestern kurz vor Mittag hier einen einzelnen Reiter vorbeikommen sehen?"

„Ja, ich habe einen gesehen, ich war draußen und habe Wäsche aufgehängt. Der Mann ritt auf einem alten Klepper, er hatte dunkle Haare und wirkte groß und kräftig. Er hatte noch Amanda Bishop auf seinem Pferd sitzen."

„Allerdings, das ist er gewesen. Was sagt ihr dazu, Jungs?"

„Gut. Wir reiten jetzt zu Elisabeth Bishop und werden sie fragen, ob sie mehr weiß", erwidert der Marshal, sein Hilfspolizist nickt dazu.

Eine gute halbe Stunde später erreichen sie die Farm von Frau Bishop. Mickey kennt sie am besten von ihnen, er steigt ab und klopft an die Tür.

Elisabeth Bishop öffnet mit verweinten Augen.

„Hallo, Elisabeth. Wir sind auf der Suche nach deinem Schwager Rodney. Weißt du, wo der ist?"

Sie nickt und wischt sich mit dem Ärmel Tränen aus dem Gesicht. „Der kam hier gestern an mit einer Schusswunde. Desmond hat ihn verbunden, danach ist er davongeritten." Sie unterbricht ihre Erzählung und schluchzt heftig. „Er hat Amanda mitgenommen. Sie soll ihm helfen, außerdem wird er sie als Geisel verwenden, falls ihr ihn festnehmen wollt." Sie weint wieder, die Tränen laufen.

„Gut, dass du das erwähnst, wir werden darauf achten. In welche Richtung ist er denn geritten?"

Elisabeth weist in Richtung des Sägewerkes. „Da, nach Osten. Ich vermute, dass er versucht die Berge zu erreichen, dort kann er sich gut verstecken."

„Schön. Wir werden solange suchen, bis wir ihn gefunden haben, dann sehen wir weiter. Er kann uns nicht entwischen, mit oder ohne Geisel."

Johnny kommt dazu. „Kann ich nicht mitkommen? Es ist meine Schwester, außerdem kennen wir uns in den Bergen gut aus."

„Tut mir leid, Johnny, das ist eine reine Männersache. Es ist schlimm genug, dass deine Schwester in den Händen dieses Verbrechers ist." Er wendet sich an Elisabeth. „Kopf hoch, wir bekommen das schon hin, du wirst Amanda bald wiederhaben."

„Das würde mich freuen. Ach ja, noch ein Hinweis. Desmond ist gestern Nachmittag hinter Rodney und Amanda her geritten, ihm ging es darum, sie zu befreien. Vielleicht begegnet ihr ihm, ihr könntet euch dann zusammentun."

„Guter Hinweis, dann sind wir noch ein Mann mehr."

„Sag mal, Mickey. Weißt du, wo mein Schwager Sam ist? Er ist gestern fortgeritten und bisher nicht wiedergekehrt."

„Ihr Schwager sitzt bei uns im Gefängnis", mischt sich der Marshal ein. „Er ist beim Geldraub aufgetaucht. Weil seine Mittäterschaft unklar ist, haben wir ihn in Gewahrsam genommen."

„Oh je, der arme Sam. Mit dem Geldraub hat er bestimmt nichts zu tun, da bin ich ganz sicher."

„Das hoffen wir auch. Jetzt müssen wir los, sei ohne Sorge."

Die Posse ist gerade in Richtung Sägewerk verschwunden, da läuft Johnny zu seinem Nachbarn, um sich ein Pferd von ihm zu leihen. Zehn Minuten später taucht er wieder auf, um sich von zu Hause einen bereits gepackten Beutel zu holen. Seiner Mutter sagt er nichts, die würde es ihm ohnehin verbieten oder sich noch mehr Sorgen machen.

Amanda wollte versuchen, ihren Entführer zu der Höhle in den beginnenden Bergen zu führen. Da wissen sie erstens ein gutes Versteck und zweitens hat diese Höhle einen Hinterausgang, den niemand kennt. Für einen Erwachsenen ist der schmale Spalt zu eng, dort kann man sich nur als Halbwüchsiger hindurchzwängen.

***

Die Posse reitet ein mäßiges Tempo. Sie haben vor einer halben Stunde die Sägerei passiert, nun nähern sie sich den Laramie Hills, eine Bergkette, die fast bis an die Rocky Mountains heranreicht. Hinter dem Pass, dem sie sich nähern, liegt Fleetwood, die Hauptstadt des Counties Casper, zu dem auch Gillette gehört.

Pete Cummings, der Deputy und in diesem Fall ihr Fährtenleser, steigt ab, um die Spuren am Weg zu untersuchen. Er steigt wieder auf und weist mit der Hand geradeaus. „Sie sind immer noch vor uns. Eine halbe Meile noch, dann sind wir mitten in den Bergen." Die Männer sind zuversichtlich, es ist noch nicht Mittag. Vermutlich hat sich der Geflüchtete in den Bergen versteckt, das ist seine einzige Chance, für eine Weile dem Gefängnis oder dem Galgen zu entgehen.

Sie bemerken nicht, dass sie von einem Jungen auf einem Pferd verfolgt werden. Johnny ist vielleicht eine halbe Meile hinter ihnen, auf geraden Abschnitten kann er die drei Männer sehen. Deren Pferde hinterlassen deutliche Spuren, sodass er sofort erkennt, falls sie wider Erwarten in eine andere Richtung reiten würden. Er glaubt zu wissen, wohin der Ganove mit seiner Schwester reitet, er kennt das Versteck, das ihm Amanda gestern noch zugeflüstert hat.

***

Rodney hat ganz ordentlich geschlafen, nun ist er wach und blickt von seiner Schlafstatt in das Tal hinunter. Der Tipp von dem Mädchen war sehr gut. Diese Höhle ist zum einen schwer zu finden und zum anderen leicht auch gegen eine Übermacht zu verteidigen. Es wird schon keiner schießen, dafür sorgt schon die Anwesenheit der hübschen Maus, die bei ihm ist. Er dreht sich zu ihr um – sie scheint noch zu schlafen.

Er täuscht sich, Amanda hat in der Nacht kaum ein Auge zu bekommen, Kummer und Sorgen haben sie wach gehalten, Fragen quälen sie. Wird man sie bald finden? Hat Johnny verstanden, was sie gemeint hat, mit »unsere Höhle«? Sie haben sie vor ein paar Jahren auf den Rat eines Klassenkameraden hin gesucht. Es war ihr nun gelungen, ihren Onkel zu bewegen, sie zu benutzen. Schließlich hat er selber keine bessere Idee gehabt. Er hat etwas von Versteck gebrummelt, was konnte das schon sein?

Was will Onkel Rod machen, wenn ihnen die Vorräte ausgehen? Er könnte vielleicht etwas schießen, sie könnte Pilze und Beeren sammeln. Auf Dauer dürfte diese Lebensweise kaum durchzuhalten sein. Würde er sich an ihr vergreifen? Es wäre nicht sein erster Versuch. Hier könnte sie ihm nicht ausweichen, auch ist ihr Bruder oder ihre Mutter nicht mehr mit einer Flinte in der Nähe. Sie seufzt leise - in was für eine schreckliche Lage ist sie geraten!

Die drei Verfolger haben den kleinen Pfad bemerkt, den Rodney Bishop mit seiner Geisel benutzt hat. Die Spuren sind unverkennbar. Hintereinander reiten sie den schmalen Pfad entlang, Pete Cummings ist der Anführer.

Johnny hat bemerkt, dass die Posse den alten Postweg verlassen hat. Das heißt, dass sein Onkel der Empfehlung von Amanda zu der versteckten Höhle gefolgt ist. Er wendet sein Pferd und reitet zur anderen Seite der Hügelkette zurück. Er biegt in einen kaum erkennbaren Trampelpfad ein. Mitunter muss er etwas suchen, er ist seit einem Jahr nicht mehr hier gewesen, der ohnehin kaum erkennbare Weg ist zugewachsen.

Eine halbe Stunde später hat er die Stelle gefunden. Er bindet das Pferd an und bindet den Beutel los. Zwischen den Sträuchern befindet sich eine kleine Öffnung in der Felswand, ein schmaler, niedriger Spalt beginnt hier, der bis zu der Höhle auf der anderen Seite des Bergkammes führt. Vor zwei Jahren haben ihn Freunde von ihm entdeckt. Ein Hase war dort hineingelaufen und sie waren ihm gefolgt, bis sie auf der anderen Seite des Berges wieder ins Freie kamen.

Der Tag ist fast um, der Weg durch die Felsröhre ist langwierig und mühsam, sodass er sich schweren Herzens entschließt, sein Vorhaben erst am nächsten Morgen durchzuführen.

***

Die Posse hat den Berg erreicht. Er ist hier felsig, schroffe Wände erheben sich viele Meter in die Höhe. Dazwischen zieht sich ein Weg hindurch, gerade breit genug für eine Person oder ein Pferd.

„Ich denke, ich gehe jetzt zu Fuß weiter", schlägt der Deputy vor. „Mal sehen, wohin der Weg führt. Ich werde die Lage auskundschaften und komme dann zurück."

„Okay, Pete. Ich empfehle, hier ein Lager aufzuschlagen, heute werden wir nicht mehr viel bewirken können."

Der Hilfssheriff geht sich ständig umsehend, den hin und her springenden, felsigen Weg hinauf. Bisher ist kein Versteck zu erkennen.

Etwa eine halbe Meile weiter und 50 Yards höher, kann er etwas erkennen, das wäre ein mögliches Versteck. Ein kleiner, grasbewachsener Fleck ist von Felsen umgeben. Am Rand dieses Platzes steht ein Pferd und grast. Irgendwo muss sich der Weg fortsetzen, er kann es noch nicht erkennen. Es kann nicht mehr weit sein, er geht auf das Pferd zu und redet beruhigend auf es ein. Nicht, dass es seine Annäherung verrät.

Ein felsiger Pfad setzt sich hier fort, jetzt kann er etwas oberhalb eine Höhle sehen. Die Öffnung ist vielleicht zehn Schritte breit und drei Schritte hoch. Darüber befindet sich ein steiler Hang, sodass ein Zugriff von oben nahezu unmöglich sein dürfte. Der Verbrecher hat hier ein perfektes Versteck gefunden, dass er leicht mit seinem Revolver verteidigen kann.

Pete hat genug gesehen und geht vorsichtig wieder zurück.

„Erzähl, was hast du gesehen?", fragt Richie seinen Gehilfen. Der berichtet von dem Felsennest und seine nahezu uneinnehmbare Lage.

„Was können wir machen?", fragt sich Mickey. „Müssen wir vielleicht abwarten, bis ihm der Proviant ausgeht?"

„Tja, das könnte noch ein paar Tage dauern. Außerdem kann er im Schutz des Mädchens jederzeit wieder abhauen, denn uns sind die Hände gebunden", erwidert sein Freund.

Der versinkt in Grübeln. „Vielleicht sollten wir es mit Diplomatie versuchen?"

„Klar - wie willst du ihn da herauslocken? Willst du ihm sagen, dass ihr ein besonders weiches Seil zum Hängen verwenden wollt?", erwidert Mickey bissig.

„Ja, ich sehe es ja ein. Wir müssen einfach abwarten und manches versuchen. Vielleicht macht er einen Fehler."

Für ihre Pferde finden sie einen Flecken mit Gras, dann suchen sie sich Holz für ein Feuer. Mit Kaffeebohnen, die sie vorher in einer Pfanne rösten, bereiten sie sich ein leidlich aromatisches Getränk.

***

Rodney Bishop liegt auf seiner Decke und hat sich mit dem Rücken an einen Felsen gestützt.

Amanda hat ein paar trockene Äste gesammelt und brät nun in einer Pfanne etwas von dem Speck. Von dem Brot hat sie zwei dicke Scheiben abgeschnitten, die sie dazu essen wollen.

Rodney verfolgt ihre Tätigkeiten aufmerksam, nicht, dass sie sich plötzlich verdrückt und ihn hier – am Ende auch ohne Pferd - zurücklässt. „Du machst das sehr gut, das gefällt mir." Besonders gefallen ihm ihr hübsches Gesicht und ihre ansprechende Figur, die erste weibliche Formen erkennen lässt. „Warum bist du eigentlich noch nicht verheiratet? In deinem Alter haben die meisten jungen Mädchen doch bereits einen Mann?"

Amanda zuckt mit den Schultern. Sie will sich nicht mit diesem schrecklichen Kerl unterhalten, es ist ihr bereits zuwider, wie er sie immer so unverhohlen anstarrt. So antwortet sie nur: „Ich habe noch nicht den Richtigen getroffen."

Am Abend rollen sie sich zum Schlafen in ihre Decken. Rodney befestigt sein Lasso am Knöchel des Mädchens, auf das andere Ende legt er sich drauf. „Nicht, dass du mir in der Nacht abhaust. Ich brauche dich zu meinem Schutz, sonst kann ich mich gleich erschießen."

176

Amanda antwortet nicht, sie starrt ihn lediglich zornig an. Wie lange es wohl dauern mag, bis ihr Bruder oder die Posse erscheint? Was kann sie dann machen? Könnte sie ihn von hinten mit einem Stein niederschlagen? Und falls das nicht klappt? Sie fällt in einen unruhigen Schlaf, von Albträumen geplagt.

***

Die Sonne ist noch nicht aufgegangen, ein grauer Schimmer zieht im Osten herauf und kündigt den kommenden Tag an. Johnny erhebt sich, er hat nur schlecht geschlafen. Er würde sofort beginnen, doch zuerst stillt er seinen Hunger und kaut an dem mitgenommenen Brot.

Dann nimmt er sich den Revolver aus dem Beutel und steckt ihn sich in den Hosenbund. Er hockt sich vor die kleine Öffnung in der Felswand und kriecht auf allen Vieren hinein. Der Gang ist zuerst sehr niedrig, so dass er sich nur auf Knien und Händen vorwärts bewegen kann. Vorerst scheint noch etwas Licht durch den Eingang herein, je weiter er sich davon entfernt, desto dunkler wird es. Der Gang erweitert sich gelegentlich, sodass er sich für einen Moment aufrichten und den Rücken entspannen kann. Es ist bald so finster, dass er nur durch Tasten langsam vorwärts findet. So, wie er es erinnert, ist der Gang etwa 100 Schritte lang. Hoffentlich fallen nicht mal Felsbrocken hinter ihm hinunter, dann könnte der Rückweg versperrt sein. Zeitweise muss er durch eine enge Röhre kriechen, die so eng ist, dass er sich kaum zu atmen traut. Doch dann bemerkt er einen schwachen Lichtschein – er nähert sich dem Ende.

Vorsichtig blickt er aus der kleinen Öffnung. In der Hand hält er den Revolver, bereit, ihn im Falle der Gefahr einzusetzen.

177

Er duckt sich hinter einen Felsen und sieht sich um. Die Höhle ist etwa dreißig Schritte tief, es herrscht Dämmerlicht, sodass er sich nur allmählich orientieren kann. Am Ende der Höhle erkennt er Amanda. Sein Herz klopft vor Aufregung, es geht ihr offenbar gut. Sie rührt in einem Topf über einem Feuer.

Vor ihm, etwa zwanzig Schritte entfernt, erkennt er seinen Onkel Rodney. Sein Oberkörper ist nackt, der Verband über der Schulter ist mit Blut durchtränkt.

„Wie lange dauert das noch? Ich habe Hunger!", ruft er dem Mädchen zu.

„Ja! Das geht nicht schneller, für heißeres Feuer müsste ich noch mehr Holz sammeln!"

Mickey, der Marshal und der Deputy sind ebenfalls aufgestanden. Auf dem felsigen Boden schläft man nicht gut, sodass sie beim ersten Tageslicht auf den Beinen sind. Zu essen gibt es Dörrfleisch mit Fett, lustlos kauen sie daran, ihre Gedanken drehen sich um die Befreiung des Mädchens und die Gefangennahme des Verbrechers.

Nach dem Essen gehen sie zu Fuß auf das Versteck zu. Mickey hat seine Winchester dabei, auf größere Entfernung ist sie die geeignetere Waffe.

Sie erreichen das kleine Wiesenstück unterhalb der Höhle. Ein Schuss kracht, eine Kugel zischt über die Köpfe der Männer hinweg, prallt von einem Felsen ab und fliegt pfeifend unkontrolliert durch die Luft. Unwillkürlich ducken sich die Männer und suchen hinter ein paar verstreuten Felsen Deckung.

„Bleibt, wo ihr seid. Ich knall euch ab. Falls jemand zu nahe kommt, muss das Mädchen dran glauben." Laut schallt die Stimme von Rodney Bishop über die Felsenlandschaft.

„Ich fürchte, wir müssen abwarten, so werden wir nichts. Vielleicht sollten wir es bei Dunkelheit nochmal versuchen", schlägt der Marshal vor.

„Soll ich mich vielleicht an ihn heranschleichen?", fragt Pete Cummings. „Ihr müsstet ihn dann irgendwie ablenken."

„Das klingt gut. Lass uns das näher überlegen." Der Marshal nickt, der Vorschlag scheint erfolgversprechend.

Johnny hockt immer noch mit dem Revolver in der Hand hinter dem Felsen. Eben hat sein Onkel mit seinen Verfolgern gesprochen, die scheinen sich daraufhin zurückgezogen zu haben.

Rodney blickt auf seinen Verband. „Vielleicht solltest du das hier mal erneuern, da sickert das Blut schon durch." Er bewegt seinen Arm vorsichtig, er schmerzt noch. „In dem Beutel sollte noch Verbandszeug sein, fang jetzt an!" Vorsichtig löst er den Knoten und wickelt den langen Streifen ab.

Amanda hat die Binde gefunden und geht damit zu ihrem Onkel. Geschickt legt sie ihm den neuen Verband an.

„Gut machst du das!" Er genießt ihre zarten Finger und ihre sanften Hände. Die Wunde beginnt bereits zu verheilen, Desmond hat seine Sache gut gemacht.

Amanda ist fertig, sie wendet sich ab. Doch Rodney hat ihre Nähe gefallen, viel zu gut, als dass er sie gehen lassen würde. „Komm doch her zu deinem Onkel!" Er fasst sie am Arm und zieht sie zu sich heran.

„Nein!", kreischt sie. „Lass mich los!" Sie versucht sich loszureißen, doch der erwachsene Mann hat in seiner einen Hand mehr Kraft als sie in ihren beiden. Er zieht sie zu sich heran, mit einem raschen Griff hat er ihre Bluse erfasst und reißt sie entzwei. Ein kleines Stück ihres weißen Oberkörpers scheint hervor.

„Iiiih! Du Schwein! Lass das!", schreit sie entsetzt.

Johnny beobachtet erschrocken die Szene, er leidet mit seiner Schwester. Die Hand, die den Revolver hält, umklammert immer fester den Griff. Er muss etwas tun! Er springt auf, macht ein paar Sätze auf die beiden zu, er hebt den Revolver, zielt und drückt ab.

Laut kracht der Schuss, der Knall bricht sich in den Wänden der Höhle und hallt ein paar schreckliche Male hin und her.

Rodney Bishop liegt am Boden, seine Augen starren leblos irgendwo hin. Aus einem kleinen Loch in seiner Brust läuft Blut.

„Johnny!", ruft seine Schwester überrascht. „Du bist im richtigen Moment gekommen!"

Ja, das ist er wohl. Er steht vor seinem Onkel und blickt auf ihn herab, in der Hand hält er den noch rauchenden Revolver. Mit einer raschen Bewegung wirft er ihn fort, er fällt auf die Knie und greift nach der Hand des Toten. Dann weint er, laut schluchzend hockt er vor Rodney, den er vor ein paar Tagen noch vergöttert hat. „Amanda, was habe ich getan?"

Die sieht es vernünftiger. Sie zieht ihre zerrissene Bluse soweit zusammen, wie es möglich ist. „Du hast mir vielleicht das Leben gerettet, um seines ist es nicht schade." Dann geht sie zum Eingang der Höhle und ruft hinunter. „Hallo! Hört mich jemand?"

Es hören sie alle drei. Der Schuss aus Johnnys Revolver hat sie aufgeschreckt, sie haben sich ihre Waffen gegriffen und sich der Höhle genähert. „Ja! Was ist passiert?", ruft Desmond. Er hat ihre Stimme erkannt. Sie lebt, das ist das Wichtigste.

„Onkel Rodney ist tot, wir kommen jetzt runter."

„Wir? Wer ist wir?"

„Johnny ist hier, er hat mich gerettet."

Wie Johnny dorthin gekommen ist, versteht im Moment noch niemand. Sie wähnten ihn zu Hause, bei seiner Mutter. Nun eilen sie, so schnell es der unwegsame Pfad ermöglicht, nach oben in die Höhle.

Desmond läuft auf Amanda zu und nimmt sie in die Arme. „Meine Kleine! Wie geht es dir?"

Sie zeigt auf ihren Bruder, der ein paar Schritte hinter ihr steht. „Dank Johnny ist mir nichts passiert. Mein schrecklicher Onkel wollte mir etwas antun, plötzlich kam mein Bruder hervor und hat ihn erschossen."

Alle Blicke sind jetzt auf ihren Bruder gerichtet. „Wie kommst du überhaupt hierher?", fragt Mickey.

Die Aufmerksamkeit der Männer macht ihn verlegen. „Äh, ich kannte einen versteckten Gang zu der Höhle. Ich habe mit Amanda verabredet, dass ich sie befreien wollte – und das habe ich getan", fügt er stolz hinzu.

Pete geht auf den Toten zu und sieht ihn an. „Tja, da ist nichts mehr zu machen. Unser kleiner Held hat ganze Arbeit geleistet."

Rodney Bishop wird von Mickey und Pete zu seinem Pferd getragen und darauf festgebunden. Desmond nimmt Amanda an die Hand und wird von ihm auf seinen vierbeinigen Kameraden gezogen. Die beiden Männer steigen ebenfalls auf, Johnny findet Platz auf dem Rappen von Mickey, dann reiten alle davon. Auf der anderen Seite des Bergzuges reitet Mickey mit Johnny den versteckten Pfad hinauf zu dem Pferd seines Nachbarn. Eine halbe Stunde später kommen sie beide wieder zurück, jetzt können sie endlich wieder nach Hause.

Am Sägewerk verlässt Mickey die Gruppe. „Macht es gut, meine Freunde. Meine Frau wird mich sicher schon vermissen. Alles Gute für dich, Amanda, und deinen mutigen Bruder." Hinter dem Sägewerk befindet sich eine

Brücke über den Brazos River, dahinter geht es geradewegs zur Double M, der Farm von Mickey und seinem Schwiegervater.

Eine halbe Stunde später erreicht der Rest der Gruppe die Farm von Elisabeth Bishop.

Sie kommt aus dem Haus gelaufen, ihr Gesicht ist nass geweint, sie hat dunkle Ränder um die Augen. Als sie ihre Kinder erblickt, bricht sie in Freudenschreie aus. „Johnny, Amanda! Da seid ihr ja endlich!"

Desmond hilft Amanda vom Pferd, Johnny springt von seinem hinunter.

„Ihr Lieben! Ich bin so froh, dass ihr unversehrt zurück seid!" Sie zieht ihre Kinder an sich, sie weint wieder. Dieses Mal sind es Tränen der Freude.

„Ich störe nur ungerne ihr Glück. Was machen wir mit ihrem toten Schwager?", mischt sich der Marshal in das Wiedersehen.

Den toten Rodney hat Elisabeth wegen der Freude über ihre zurückgekehrten Kinder noch gar nicht wahrgenommen. Sie schlägt die Hände vor das Gesicht. „Mein Gott, wie ist das denn passiert?"

„Das können dir deine Kinder besser erklären. Ich möchte wissen, was wir mit ihm machen sollen."

„Hm." Amanda blickt auf den Toten. „Man soll nicht schlecht über andere reden. Ich finde jedoch, es ist besser so, als wenn er noch leben würde." Sie überlegt einen Moment. „Er sollte beerdigt werden. Bringe ihn doch bitte zum Bestatter, der soll sich darum kümmern. Ich komme nachher nach Gillette und werde regeln, was nötig ist. Bei der Gelegenheit werde ich Sam aufsuchen."

„Ja, das ist gut. Wir sehen uns in meinem Büro!" Richie verlässt mit seinem Deputy die Farm, auf dem dritten Pferd liegt der tote Rodney Bishop.

Elisabeth läuft mit frohem Herzen ins Haus, um Mittagessen vorzubereiten. Johnny und Amanda folgen ihr, um ihrer Mutter von den Ereignissen der letzten beiden Tage zu berichten.

Gleich nach dem Mittag eilt Elisabeth zu ihrem Nachbarn, William Northstoke, um sich von ihm, wie schon so oft, den kleinen Einspänner zu leihen.

Der Farmer ist ein Typ wie ein Bär, groß, kräftig und hat einen unerschütterlichen Optimismus. „Hallo, Elisabeth, meine Liebe. Bei dir ist die letzten Tage aber allerhand los, was?"

„Das kann man sagen. Ich hoffe, dass die Aufregungen jetzt vorbei sind." In knappen Worten erzählt sie ihm von ihrem toten Schwager, die Entführung von Amanda und ihre Befreiung. Die endete damit, dass ihr kleiner Johnny den Verbrecher erschoss.

„Du meine Güte, Elisabeth! Dir wird auch nichts geschenkt. Was macht denn dein Besuch? Ist das nicht auch eine ziemliche Belastung für dich?"

„Ach, weißt du, das entspannt sich allmählich. Der älteste von ihnen, Tom Bancroft, lebt und arbeitet seit einer Woche in Madsen als Minenarbeiter. Der jüngste von ihnen, Desmond, mausert sich zu einem sympathischen, jungen Mann."

„Ja, ich habe schon von ihm gehört. Er hat neulich meinen Nachbarn Hugh mit dem Doktor wieder zusammengeflickt."

„Ja, das hat ihm die Anerkennung vieler Bewohner eingebracht." Sie lächelt, als ihre Gedanken sich mit ihm beschäftigen. „Ich habe das Gefühl, als wenn sich zwischen ihm und Amanda etwas anspinnt. Je länger ich darüber nachdenke, desto besser gefällt mir das."

„Was macht denn der Dritte? Wie heißt er noch?"

183

„Sam. Das ist auch ein Bruder meines toten Mannes, er ist zwei Jahre jünger und ganz umgänglich. Die letzten Wochen hat er sich als Tischler und Zimmermann betätigt, damit könnte er sich vielleicht seinen Lebensunterhalt verdienen. Wenn geklärt wird, was er mit dem Überfall zu tun hat." Elisabeth sieht düster vor sich hin.

„Ach, ist er der Mann, den sie eingesperrt haben? Ich habe davon gehört, er soll bei dem Geldraub dabei gewesen sein."

„Das sagt man. Ich glaube das aber nicht. Ich denke, dass er lediglich seinen Bruder von dem Überfall abhalten wollen. Wo wir davon sprechen – kann ich dein Pferd und den kleinen Wagen bekommen? Ich wollte Sam im Gefängnis aufsuchen. Ich bin gespannt, was er erzählt und was der Marshal darüber denkt."

„Ja, das musst du mir später erzählen. Komm mit, ich helfe dir beim Anspannen."

***

Eine Stunde später trifft Elisabeth in Gillette ein. Sie hält vor dem Büro des Marshals und tritt in das hölzerne Gebäude. Lediglich der hintere Teil ist aus Stein gemauert, dort befinden sich die beiden Zellen.

„Guten Tag, Richie!", begrüßt sie den Gesetzeshüter, der mit zusammengekniffenen Augen versucht, auf dem langen Papierstreifen des Telegrafen den Text zu lesen.

„Ich fürchte, ich brauche eine Brille. Warum machen die auch so kleine Buchstaben!" schimpft er. „Es ist übrigens die Antwort des Sheriffs auf meine Nachricht von gestern, die unseren Gefangenen betrifft."

„Du meinst meinen Schwager Sam?"

„Ja, genau den. Bei dem anderen ist die Sachlage klar, der war am Überfall aktiv beteiligt. Bei Sam ist das nicht eindeutig, ich muss noch die Zeugen befragen, bisher habe ich erst die Aussage von Mickey."

„Du glaubst doch nicht ernsthaft, dass mein Schwager dabei mitgemacht hat?"

„Um Glauben geht das nicht, Elisabeth. Dein anderer Schwager hat immerhin den Kutscher Jessie erschossen, der wäre ohnehin am Galgen gelandet, wenn dein Sohn ihn nicht aus Notwehr erschossen hätte. Auf die Aussage des Kutschers müssen wir leider verzichten, der hat nicht überlebt."

„Wie kann es dann geklärt werden?"

„Wir werden eine Gerichtsverhandlung anberaumen. Der Richter kommt in zehn Tagen aus Fleetwood hierher, dann wird es hoffentlich klar. Bis dahin muss dein Schwager bei mir hinter Gittern bleiben."

„Der Arme! Kann ich ihn denn jetzt sprechen?"

„Klar, er ist gleich hinten. Pass auf den anderen auf und bleibe von dem fort. Nicht, dass er dich ergreift und ich ihn dann freilassen muss, um dein Leben zu retten."

„Mein Gott, Richie. Vielen Dank für den Hinweis."

Sie erhebt sich und geht die paar Schritte bis zu den beiden Zellen. „Guten Tag, Sam. Wie geht es dir?"

Sam strahlt über das ganze Gesicht, als er sie bemerkt. „Oh, Elisabeth! Wie schön, dich zu sehen!"

Sein Zellenachbar hockt auf der Pritsche und blickt düster auf den Boden, er bewegt kaum den Kopf, als sie hereinkommt.

„Sam, mein Lieber. Erzähl doch mal, was hast du bei dem Überfall gewollt?"

„Ich hoffe doch, dass wenigstens du mir glaubst. Der Marshal hat sich noch nicht zu meiner Aussage geäußert."

„Ich glaube dir, Sam. Du bist nicht so ein Verbrecher, wie dein Bruder."

„Sag das dem Marshal." Er erzählt vom Ablauf des Überfalls, danach wollte er Rodney nur vom Geldraub abhalten. „Was sollte das denn jetzt von ihm, wir haben es doch recht gut bei dir getroffen, Elisabeth. Aber Rodney war zeitlebens nicht zufrieden. Ich habe den Kutscher vom Bock gestoßen, als er auf ihn schießen wollte. Hätte ich es nicht getan, wäre er jetzt wahrscheinlich noch am Leben." Er sieht betrübt auf den Boden. „Wie ich heute Morgen vom Marshal gehört habe, lebt Rodney ohnehin nicht mehr. Meine Aktion hätte ich mir deshalb sparen können." Er stützt den Kopf auf die Hände und starrt die Zellenwand an.

„Du kannst nichts für den Tod des Kutschers. Das war dein Bruder, nun hat er seine gerechte Strafe erhalten."

„Ja, ausgerechnet von Johnny. Das hat der auch nicht gedacht, dass er einmal seinen Onkel erschießen würde."

„Er tut mir so leid. Er ist doch erst vierzehn Jahre alt. Es wird eine Weile dauern, bis es ihn nicht mehr beschäftigt", beruhigt sie Sam.

„Ja. Der Arme, ich werde mir von meiner Arbeit etwas mehr Zeit für ihn abzweigen. Aber zu dir. Der Marshal hat gesagt, dass es in zehn Tagen eine Gerichtsverhandlung geben soll. Solange musst du hier wohl noch sitzen. Brauchst du noch etwas? Fällt dir noch jemand ein, der für dich aussagen könnte?"

„Es waren der Marshal und Mickey Callaghan dabei, sowie die beiden Wachleute und noch einige Zuschauer. Wie viel die gesehen haben, weiß ich nicht."

„Das ist doch schon eine Menge. Ich werde sie aufsuchen und mir anhören, was sie beobachtet haben. Das kriegen wir schon hin. Kopf hoch, Sam!"

Sie drückt ihm die Hand durch das Gitter und verabschiedet sich.

In den nächsten Tagen fährt Elisabeth noch ein paar Mal nach Gillette. Sie besucht ihren Schwager im Gefängnis und fährt bei der Gelegenheit zu den Zuschauern des Geldraubs. Doch die kamen erst, als die Schüsse alle gefallen waren, vom Beitrag ihres Schwagers wusste niemand Genaues. Die beste Aussage kam von einem der beiden Wachleute. Er hat den Vorfall genauso beobachtet, wie ihn Sam beschrieben hat. Zusammen mit der Aussage des Marshals und der von Mickey steht ihr Schwager ganz positiv da. Mit Spannung erwartet Elisabeth die Gerichtsverhandlung.

Die drangvolle Enge im Wohnzimmer von Elisabeth Bishop ist vorbei. Neben ihren beiden Kindern und ihr selbst, wohnt nur noch Desmond den Mahlzeiten bei. Onkel Rodney ist tot, Tom Bancroft lebt und arbeitet in Madsen.

Vor kurzem haben sie ihn bei der Beerdigung von Rodney wiedergesehen. Es war ein kleiner Kreis gewesen, Rodney war kaum bekannt gewesen, sodass außer einer etwas fragwürdigen Erscheinung, nur Desmond Gould und die Familie Bishop anwesend war.

Die Kosten für die Beerdigung haben seine Freunde aus den Resten des Bankraubes in Fort Collins beglichen.

„Hallo, Tom? Wie klappt es mit der Minenarbeit?", fragt Desmond seinen früheren Weggenossen.

„Es ist nicht so schlecht. Die Arbeit ist hart, dafür wird man aber gut bezahlt. Ich habe eine Unterkunft und zu essen, was will man mehr?"

„Es hält einen am Leben, viel mehr ist es nicht", resümiert Desmond.

„Das ist immerhin mehr, als Rodney von sich sagen könnte."

„Ja, jetzt hat er keinen Grund mehr zum Meckern."

***

Die Verhandlung findet im Gemeindesaal von Gillette statt. Der Richter ist ein ergrauter, schlanker Mann. Von seinen Haaren sind nur noch wenige vorhanden, dafür trägt er einen martialischen Schnauzbart, der bereits völlig weiß ist.

Die weiteren Beisitzer sind der Sheriff des Counties als Vertreter der Anklage. Als Verteidiger fungiert ein junger Mann, der sich vor einem Jahr als Anwalt in Gillette niedergelassen hat. Als Zeugen sind Mickey Callaghan, der Marshal Richard Taylor sowie der Wachmann Andrew Youngman zugegen. Die Angestellte der Gemeinde ist eingeladen, um das Protokoll zu führen.

Richter Gentle betätigt eine kleine Glocke. Sie ist sein Eigentum und begleitet ihn zu allen Verhandlungen. Nun unterbricht ihr silberheller Ton die Gespräche.

Unter den Zuschauern sind natürlich Elisabeth Bishop und ihre Kinder, sowie Desmond Gould. Etwa zehn Zuschauer haben sich eingefunden, zum Teil sind sie während des Überfalles auch dabei gewesen.

Verhandelt wird nicht nur gegen Sam alleine, auch über Patrick Stevenson wird gerichtet werden. Mit seinem Fall wird begonnen. Der Sheriff verliest die Anklage, es ist Beteiligung an einem Raub. Die Zeugen – es sind dieselben wie in Sams Fall, sind sich alle einig. Der Anwalt wird noch um ein Plädoyer gebeten, dann zieht sich der Richter mit dem Marshal und dem Sheriff zurück.

Als die Herren nach einer Viertelstunde zurückkehren, ist das Ergebnis nicht überraschend. Patrick Stevenson wird zu zwei Jahren Gefängnis verurteilt, absitzen muss er die Strafe in Fleetwood, der Hauptstadt des Counties.

Es gibt eine Mittagspause bis zur nächsten Verhandlungsrunde. Einige essen im Boarding House, andere genehmigen sich einen Drink in einem der Saloons. Elisabeth hat für sich, ihre Kinder und Desmond einen Korb mit Essen mitgebracht. Sie hocken sich draußen auf den Boardwalk und sättigen sich. Es ist nichts Besonderes, schmeckt den vieren aber gut. Es gibt für jeden Brot, dazu eine kalte Frikadelle. Elisabeth hat sie gestern erst gebraten.

„Das war sehr lecker", bedankt sich Desmond.

„Keine Ursache, ich habe es gerne gemacht", erwidert Elisabeth. Ihre Gedanken drehen sich um Sam. Gleich wird sein Fall verhandelt, sie denkt ständig an ihn.

Mit der Klingel eröffnet Richter Gentle den nächsten Fall. Sam wird gebeten, sich hinzustellen und soll seine Version des Ablaufes berichten. Danach ist er von der Farm seiner Schwägerin losgeritten und im Galopp bis an den Bahnhof von Gillette geritten. „Wie ich dort ankam, hat der Wagen mit dem Geld gerade gehalten, die beiden Wachleute wollten eben die Kiste aufnehmen. Mein Bruder war zusammen mit dem Mann, der hier am Vormittag verhandelt wurde, bei ihren Pferden. Ich wollte ihn überreden, das Vorhaben abzubrechen, doch Rodney hat mir nicht zugehört und mich dann beiseitegestoßen. Er hat dann den Kutscher bedroht, der daraufhin seine Flinte fallen ließ. Danach hat er sich den Wachleuten zugewandt. In dem Moment trat Mister Callaghan dazu, um den Überfall abzubrechen. Mein Bruder sprang hinter den Wagen und schoss. Den Moment nutzte der Kutscher, sprang vom Wagen und bückte sich nach der Flinte. Er hob sie auf und zielte auf meinen Bruder, der höchstens fünf Schritte entfernt war. Da habe ich den Kutscher gestoßen, um meinen Bruder zu retten."

„Das ist Ihnen auch vortrefflich gelungen. Der Kutscher ist nur einen Moment später von ihrem Bruder erschossen worden. Wie ich den Unterlagen entnommen habe, ist Rodney Bishop nur einen Tag später doch erschossen worden", erwidert der Richter.

„Tut mir leid, das habe ich nicht beabsichtigt. Ich wollte nicht, dass er stirbt – dass überhaupt jemand stirbt.

189

Ich habe nicht damit gerechnet, dass sich mein Bruder wie eine Furie aufführen würde."

„Ihr Mitleid kommt zu spät. Sie hätten besser dem Marshal und seinen Gehilfen ihre Arbeit machen lassen sollen."

Sam sieht zu Boden. Er sieht es ein, er hat unklug gehandelt. Jetzt kann er es nicht mehr rückgängig machen.

Elisabeth sitzt direkt hinter ihm. Er tut ihr so leid, er wollte doch nur helfen!

Die Zeugen werden verhört, ihre Aussagen bestätigen alle den Ablauf. Der Richter erhebt sich wieder. „Vielen Dank meine Herren, ich werde mich wieder mit dem Sheriff und ihrem Marshal zur Beratung zurückziehen."

Gemurmel geht durch den Raum, erste Diskussionen werden laut. Es sind ganz klar zwei unterschiedliche Standpunkte zu erkennen. Die eine Gruppe möchte ihn hart bestraft wissen, die andere – zu denen auch Elisabeth gehört - ist für Freispruch.

Der Richter und seine beiden Berater kommen zurück, die Gespräche verstummen. Er sieht sich im Raum um, in dem fast alle Plätze belegt sind. „Wir sind zu einem Beschluss gekommen. Es ist uns nicht leichtgefallen. Herr Bishop hat durch sein unbesonnenes Eingreifen den Tod eines Menschen in Kauf genommen. Auf der anderen Seite hat er im guten Glauben gehandelt. Wir haben uns deshalb dazu entschlossen, ihn ein Jahr ins Gefängnis zu stecken. Dann hat er Gelegenheit, über seine Fehler nachzudenken."

Huch! Elisabeth hat überhaupt nicht mit einer Strafe gerechnet – und nun das! Sie erhebt sich aufgeregt und hebt ihre Hand. „Euer Ehren! Ich möchte noch etwas dazu sagen!"

Mister Gentle wendet den Kopf, sein Blick fällt auf die junge Frau. „Was gibt es denn noch, Frau Bishop?"

Sie bringt für einen Moment kein Wort hervor, sie räuspert sich und beginnt. „Kann die Strafe vielleicht zur Bewährung ausgesetzt werden, wenn ich hier an Eides statt versichere, dass ich Herrn Samuel Bishop heiraten werde?"

Es gibt Gemurmel im Saal. Richter Gentle dämpft die Stimmen mit einer Handbewegung, dann dreht er sich lächelnd zu seinen Beisitzern um. „Das wäre doch eine Lösung. Was meinen Sie, meine Herren? Hat die Dame einen guten Leumund?"

Marshal Richie Taylor spricht allen aus der Seele, als er antwortet. „Sie hat einen guten Mann verdient, Euer Ehren. Ihr Ehemann – der im Übrigen der Bruder des hier vor uns stehenden Samuel Bishop war – ist vor vier Jahren bei einem Unglück ums Leben gekommen. Ich bin sicher, dass es eine glückliche Ehe werden wird."

Es gibt einen Moment atemlose Stille, dann springen alle Zuschauer auf und klatschen laut Beifall. Samuel hat sich zu der hinter ihm stehenden Elisabeth umgedreht und ihre Hände ergriffen.

Sie weint vor Freude.

Johnny und Amanda springen von ihren Sitzen auf. „Ja, jetzt gehört Onkel Sam zu uns!"

Amanda dreht sich zu Desmond, der sich ebenfalls erhoben hat. „Das ist doch toll, oder was meinst du dazu?"

„Ich habe immer gehofft, dass es passiert, jetzt bin ich froh darüber."

Richter Gentle kommt auf Elisabeth zu. „Meine liebe Frau Bishop. In meiner Eigenschaft als Richter darf ich auch Trauungen vollziehen. Was halten Sie davon, wenn wir es hier gleich an Ort und Stelle zelebrieren?"

Sie dreht sich zu Sam und sieht ihn fragend an.

Der nickt. „Gut, wenn du es möchtest – mir soll es Recht sein."

Eine Stunde später verlässt das frisch getraute Ehepaar den Gemeindesaal. Die Kinder und Desmond folgen ihnen freudestrahlend.

„Eine große Feier kann ich mir nicht leisten. Ich werde einen Kuchen backen, dann setzen wir uns morgen zusammen und freuen uns gemeinsam über das glückliche Ende", schlägt Elisabeth vor.

Am Tag darauf ist aus zwei Böcken und Brettern eine Sitzgelegenheit entstanden, die mehr Platz bietet, als der Tisch in der Stube. Das Ehepaar Northstoke ist ebenfalls gekommen, sie wollten der Nachbarin zu ihrem neuen Ehemann gratulieren. „Wie schön, Betty, dass du nicht mehr alleine bist. Eine Frau sollte einen Mann haben. Außerdem, wenn du mir diese Bemerkung gestattest, sieht er deinem verstorbenen Geoffry doch sehr ähnlich", stellt Emily Northstoke fest.

Elisabeth nickt gutgelaunt. „Danke. Ich habe ein gutes Gefühl dabei."

Ein Reiter kommt herangeritten und steigt vom Sattel. Es ist Matthew Richmond, der Leiter des Sägewerkes. „Ich habe gehört, dass du wieder geheiratet hast. Da wollte ich mir das nicht nehmen lassen, zur Hochzeit zu gratulieren." Er drückt Elisabeth und Sam die Hand. „Übrigens", wendet er sich an Sam. „Wenn Sie möchten, können Sie bei uns Arbeit bekommen. Es ist quasi der Ausgleich für Ihren verstorbenen Bruder."

Sam sieht ihn mit großen Augen an. „Äh, das ist sehr nett von Ihnen." Er blickt seine Frau an. „Was meinst du dazu? Soll ich das machen?"

Elisabeth überlegt einen Moment, dann nickt sie. „Das ist ein großzügiges Angebot. Du musst mir nur versprechen, immer sorgfältig auf dich achtzugeben, ich möchte nicht schon wieder einen Mann verlieren."

192

„Ich passe auf, versprochen!" Er nimmt seine frisch-gebackene Frau in die Arme und drückt sie fest.

„Wo ist eigentlich deine Tochter, Elisabeth? Ich wollte ihr und deinem Sohn zu ihrer Befreiung von deinem toten Schwager gratulieren. Dein Junge ist wohl der echte Held unter uns."

Johnny sieht zu Boden und wird ein wenig rot. „Danke, Sir, das ergab sich so." Dann sieht er seine Mutter mit einem Grinsen an. „Amanda ist hinter dem Stall und küsst Desmond!"

Matt Richmond lächelt wissend. „Das wird auch Zeit, dass deine Tochter unter die Haube kommt, meine liebe Elisabeth."

Die lächelt versonnen. „Ja, das ist sicher wahr. Falls Desmond mein Schwiegersohn werden sollte, wäre ich sehr zufrieden damit."

Die kleine Feier dauert bis zur Dunkelheit. Zuerst verlässt das Ehepaar Northstoke das Fest, dann werden die Kinder ins Bett geschickt. Desmond löscht die Kerzen, Elisabeth und Sam räumen die Teller und das Besteck fort. Auf der kleinen Farm von Elisabeth Bishop kehrt Ruhe ein.

Nachwort

Hat Ihnen dieser Roman gefallen? Vielleicht interessieren Sie sich für die anderen Romane des Autors?
Unter seinem richtigen Namen sind, mit diesem, fünf lokale Kriminalromane erschienen, weitere sind in Vorbereitung. Die ersten drei sind die Fälle des Kommissar-Gespannes Krüsmann und Hansen. Sie spielen in der Niederelberegion zwischen Stade und Cuxhaven.

- Der Kreidestrich

  ist ein Krimi, der vor fünfzig Jahren handelt, die Zementfabrik in Hemmoor spielt eine wichtige Rolle. Hier findet eine vor den Schergen ihres Zuhälters geflohene Prostituierte Arbeit. Dieser Roman ist der erste Fall der Kommissare Krüsmann und Hansen.

- Fähre ins Jenseits

  Der zweite Fall der Kommissare Krüsmann und Hansen. Auf der Schwebefähre in Osten wird der ehemalige Kommandant eines Konzentrationslagers von einem früheren Häftling wiedererkannt. Um der Bestrafung zu entgehen, beginnt eine Spirale des Todes.

- Die Chemie stimmt

  Ein Chemieriese will an der Elbe bei Stade ein neues Werk errichten.
  Die Besitzer der Ländereien wittern das große Geschäft, Neid auf den Besitz des anderen entsteht.

Ein junges Paar gerät in die Verstrickungen zwischen den Landbesitzern, an einem Mord muss sich ihre Liebe beweisen.

Die Hoffnungen und Sorgen der Anwohner der Industriegiganten werden lebendig.

- Sommer der Diebe

  Heranwachsende in Stade spielen Mitte der 80er Jahre Detektiv, das Spiel wird unerwartet bedrohlich.

  Die Täterjagd wird für die 13-jährigen Heranwachsenden plötzlich gefährlich, aus dem Spiel wird bitterer Ernst.

- Mord mit Absicht

  Bei einem Bankraub erbeuten drei Männer eine riesige Geldmenge, es ist Geld der Mafia. Eine gnadenlose Jagd durch einen skrupellosen Verfolger beginnt. Fünf Morde rufen die Polizei auf den Plan.

Unter dem Pseudonym »Allan Greyfox« sind von Peter Eckmann bisher folgende Bücher erschienen:

- Töchter des Stahls – Amerika von 1922 – 1947

  Ein historischer Roman

Der Werdegang eines jungen Mannes wird beschrieben, sowie die Entwicklung eines schönen und reichen Mädchens. Die schwierigen Zeiten mit ihren Verbrechern und der Not der damaligen Zeit wird mit ihnen lebendig. Die Geschichte der Protagonisten findet in den folgenden hardboiled-Krimis ihre Fortsetzung.

- Der Tod im Paradies

  Ein scheinbar einfacher Fall entwickelt sich zu einem ausgewachsenen Verbrechen. Privatdetektiv Mike Callaghan lernt bei seinem ersten größeren Fall Freunde, Verbrecher und ein hübsches Mädchen kennen.

  Der Roman schließt nahtlos an den historischen Roman „Töchter des Stahls" an. Das junge Mädchen und der erfahrene Detektiv entdecken ihre Freude sowohl aneinander, als auch an der Detektivarbeit.

- Schwarze Weihnachten in Manhattan

  Ein Weihnachtsmann stellt sich als sehr gefährlich heraus, unser Held muss Weihnachten und den Jahreswechsel 1947/48 im Gefängnis verbringen. Nur seine schöne Partnerin und seine Freunde können ihn jetzt noch vor der Todeszelle bewahren.

- Mit dem Fahrstuhl kam der Tod

  Der bisher letzte Fall der Detektei Callaghan. Ein defekter Fahrstuhl wird einem jungen Mädchen zum Verhängnis. Sie haben es mit einem harten Gegner zu tun, es sind Veteranen des zweiten Weltkrieges, skrupellose Verbrecher und erfahrene Kämpfer.

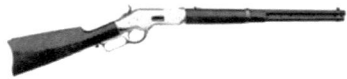

Interessieren Sie sich für die Abenteuer vom Großvater des Detektivs, dem Gunfighter?
Dann könnten die folgenden vier Wildwest-Romane für Sie interessant sein:

- Vom Herumtreiber zum Gunfighter

- Der Reiter aus Laramie

- Das Tal der Siedler

- Die Minenstadt

Sie beschreiben den Weg eines jungen Herumtreibers zum gefürchteten Revolvermann. Er kehrt seinem bisherigen Leben als Kämpfer den Rücken und setzt seine Fähigkeiten als Wohltäter eines Tales ein.

Beachten Sie bitte auch meine Internet-Seiten:

www.allan-greyfox.de

sowie

www.peter-eckmann.de

Dort finden Sie Hintergrund-Informationen zu meinen Büchern.